夫のカノジョ

垣谷美雨

双葉文庫

夫のカノジョ

第一章　浮気発覚

◆

粗大ゴミに出すと、いくらするんだっけ？

小松原菱子《こまつばらひしこ》は掃除機をかけながら、部屋の隅に立てかけてある和柄のマットレスに目をやった。夫のが紺で自分のは臙脂《えんじ》だ。結婚するときに買ったから、かれこれ十五年も使ってきたことになる。

掃除機のスイッチをいったん切り、区役所のホームページで粗大ゴミの手数料を調べた。

三百円か……。

ということは、二つで六百円。結構かかる。

最近は、マンションを買い替えることで頭がいっぱいだ。今住んでいるマンションを売って頭金にするつもりだが、近所の不動産屋に見積もってもらったら、予想以上に値が下がっていた。四十二歳という夫の年齢を考えると、ローンの返済期間は短くしたいから、少しでも頭金を多くしたいのに、がっかりだ。

２ＬＤＫ＋Ｓで五十八平米。

そもそもなんでこんな狭いマンションを買ってしまったのかというと、不動産屋に

「残りはあと三つだけですよ。来週には完売しそうです」などと焦《あせ》らされたからだ。

いや……そうとばかりも言えない。だって、夫の給料ではこのマンションが精いっぱいだったのだから。

あーあ。

実花《みか》は中三、真人《まさと》は小五。この先、教育費は嵩《かさ》む一方だ。

ふうっと長い溜息をつき、古いマットレスを見つめた。くたびれたウレタンが、あちこちのほころびから顔を覗《のぞ》かせている。

そうだ、細かく切ってゴミ袋に入れたらどうかな。そうすれば粗大ゴミではなくなる。いや待てよ、ゴミ袋だって有料だし、Lサイズのが三つはいる。どっちが安く済むだろう。頭の中で計算しながら、パソコンを立ち上げたついでに今日の天気を調べた。

久しぶりに秋晴れだ。洗濯日和だと思うと少し気持ちが軽くなる。ここ何日か秋雨前線が停滞していたために、洗濯物はなかなか乾かなかったし、家の中もじめじめしていた。

よーし、今日も頑張ろう。

気合を入れるため、身体を反らせて大きく伸びをする。

夫と子供たちが出かけたあとが、一日の中で最もくつろげる時間帯だ。特に今日のような天気のよい日は、南向きの明るいリビングにいるだけで幸せな気分になれる。

子供たちは、今のところ特に問題を起こすことなく成長している。夫は真面目人間だから面白みはないけれど安心感を与えてくれる人だし、今朝も上手にパンが焼けた。贅《ぜい》沢《たく》はできないけれど、まっ、人生これでよしとするか。

菱子の趣味はパン作りである。子供たちは、我が家のお袋の味はパンだと言う。夫と真人はコンビーフと玉葱の入ったロールパンが好きで、実花はホタテが練りこんであるベーグルがお気に入りだ。主婦雑誌のコンクールでグランプリを獲得して以来、週に二回は自家製のパンを焼いている。

さて、さっさと掃除を済ませるとするか。

インターネットを閉じようとして、ふと手を止めた。

そういえば昨夜、夫は遅くまでパソコンに向かっていた。マンションの物件情報は、インターネットで探すのがいちばんだと、同僚の誰かが教えてくれたらしい。一緒に見たかったのだが、昨夜は実花の家庭科のエプロン作りを手伝ってやらなければならなかったので見られなかった。

同僚から勧められたのは、どんなサイトだったのだろう。手頃な物件は見つかったのだろうか。

履歴ボタンをクリックしてみると、夫が昨夜検索したサイト名がずらりと表示された。『こだわりの新築マンション特集』やら、『住宅ローン減税のある今が買いどき』やら、

『あなたの希望にピッタリの中古物件』など、様々なサイト名が並んでいる。

そんな中に、『星見のひとりごと』という異質なものが紛れているのに気がついた。

なんだろう、これ。

クリックしてみると、ハムスターのイラストで囲まれたかわいらしい画面が現われた。

――一〇月三日。晴れ。今日は日曜だっつうのに、あたしにはなんの予定もねえ。かといって掃除すんのもチョーだりぃ。そもそも生きていること自体がメンドくせーよ。

思わず笑ってしまった。

どうやら若い女の子のブログのようだ。

ついでに前日分も読んでみる。

――一〇月二日。今夜は遅くまでサンクス。二十歳《はたち》の誕生日を一緒に過ごしてくれて嬉しかったよん。誕生日プレゼントなんてもらったの生まれて初めてだったしね。この腕時計、大切にするよ。

どうして夫はこんなサイトに目を留《と》めたりしたのだろう。ネットサーフィンの末に辿り着いたのだろうか。それとも、このブログの主は、夫の部下なのだろうか。今まで夫の口から星見という社員の名を聞かされたことはないように思う。でも、夫は課長に昇進してから部下が一気に増えたようだから、その中のひとりなのかもしれない。いや、まさか。いくら名もない企業とはいえ、こんなにガラの悪い女性が会社に勤められるだろうか。自分がOLだった頃、こういう類《たぐい》の女性社員はいなかった。でも、会社ではおとなしい人でもネットでは本性を現わすこともあるかも……。

なんの気なしに、前ページをクリックした。

――九月二五日。寂しいよう。寂しい、寂しい、寂しいんだよう！　朝まで一緒にいたかったよ。いったい、いつになったら、ひとりぼっちじゃなくなるの？　ムギのバカヤロウ！

「えっ、ムギ？」

誰もいない部屋で声を出していた。両腕にいきなり鳥肌が立つ。

ムギって、まさか……。

夫の名前は麦太郎《むぎたろう》だ。踏まれても踏まれても強く生きろという、時代錯誤も甚だしい舅《しゅうと》がつけた名前だ。

これって、麦太郎の、ムギ……なの？

まさか……。

でも、こんな変わった名前がほかにある？

だとしたら、「朝まで一緒にいたかった」って、どういうこと？

星見さんって、誰なのよ！

九月二五日といえば、ＰＴＡの役員会があった日だ。ＰＴＡ会長が無茶な提案をして頭にきたからよく覚えている。その夜、夫は午前様だった。営業会議が長引いたと夫は言った。その言葉を疑いもしなかったのは、お酒を飲んできた様子がなかったからだ。夫が遅くなるのは、会社帰りに同僚たちと居酒屋へ行くか、そうでなければ残業か。そのどちらかしかないと思っていたから……。

真正面からパソコンを見据えた。パートへ行く前に、さっさと家事を済ませなければならなかったのだけど、それどころじゃない。

急いでブログを遡《さかのぼ》って読み始める。


――八月二日。ムギはお盆休みの計画を立ててくれている。どうやら休み中もムギと一緒に過ごすことになりそう。奥さんは子供たちを連れて函館に帰省するらしいから。

えっ、函館？

もう疑いようがなかった。自分の実家は函館だ。

——七月三〇日。たった今、ムギが帰って行った。職場の上司の中で、優しくしてくれるのはムギだけだ。それにしても毎日毎日パスタの営業の日々。ああ、解放されたい。

パスタ……。

指先が震えた。やっぱり疑う余地はない。だって、夫は大東亜製粉に勤めていて、営業部のパスタ課に所属しているのだ。

冗談じゃない。

いい加減にしてよ！

残業が続く夫の身体を心配していた自分はどうなるの？

疲れている夫のために、消化が良くて栄養価の高い食事を工夫していた自分はいったいなんなの？

本当は残業なんかじゃなくて女の部屋で楽しんでたの？

どんな女？

若いの？

美人なの?

プロポーションが抜群とか?

馬鹿馬鹿しい。

こんな人生、ちゃんちゃらおかしい。

次の瞬間、菱子は家を飛び出していた。

猛烈にひとりになりたかった。今までも家の中でひとりだったのだが、それではだめだった。外に出て風に吹かれたかった。

息を切らして自転車を漕いだ。

一生懸命築いてきた家庭が壊れていく……。

生活が根底から崩れる……。

風が頬を撫で、髪がなびいた。

菱子は、少年のように腰を浮かして全速力で自転車を走らせていた。

——遠くへ行ってしまいたい。

——何もかも捨てて。

——自由になりたい。

そう心の中で叫びながら土手に出た。

ブレーキをかけ、自転車にまたがったまま、悠然と流れる隅田川を見下ろす。

風でシャツがはためいた。

自由になりたい？

大空に向かって翼を広げて？

風に乗ってどこまでも？

それ、古臭い歌詞じゃないの。バッカみたい。

三十九歳のパート主婦が、家庭を捨ててどこへ行くというの？

なんの取り得もない中年の女が、いったいどうやって食べていくの？

こういうとき、タレントや女医ならさっさと離婚するだろう。要は、プライドを保ったまま生きていけるのは、稼げる女だけなのだ。

数年前に父が亡くなって以来、函館の実家には帰りづらくなっている。家業の電器店を兄が継ぎ、兄嫁が采配を振るようになったからだ。それに伴い、母は離れに隠居する身となった。そしていつの間にか、盆正月に帰省する主役は菱子ではなく、金沢や札幌の大学へ進学している兄の息子たちとなっていた。最近は、墓参りで帰省するときでさえ、兄嫁に遠慮して実家近くのビジネスホテルに宿を取らざるを得なくなっている。

つまり、帰れる場所は……もうどこにもない。だから、自分の置かれた状況を冷静に分析して、軽はずみな行動は控えた方がいいのだ。きっと今が肝心なのだと思う。

少しでも気を緩めると、涙が滲んできそうになるので、川面《かわも》を睨みながら深呼吸をした。

夫に浮気された妻の、取るべき正しい行動とは？

後悔しないように慎重に行動しなければいけない。それにはまず敵を知ることだ。夫と同じ会社に勤めている星見という若い女。ブログの言葉遣いからして、元ヤンキーとか？

こんなところで呆然としている暇はないのだ。徹底的に調べ上げなければ。

菱子は猛スピードで自転車を漕いで家に帰った。

いつもなら、マンションの駐輪場に咲いているコスモスをゆっくりと眺めるのだが、今日は見向きもせずにエレベーターホールへ向かう。

自宅へ戻ると、出しっぱなしの掃除機をしまった。掃除は中止だ。仕事も休もう。

菱子はパートで、昼の十二時から五時まで学童クラブの指導員をやっている。パート仕事でさえなかなか見つからない不景気の中、短大時代に教職を取っておいたことが、こんな形で役立っていた。

今までパートを休んだことは一度もない。少ない人数で大勢の子供の面倒を見るので、ひとりでも欠けるとほかのメンバーの負担が増える。だから、何日か前に休みの連絡を入れるならともかく、当日に言うなどもってのほかだ。そう、そんなことは十分にわかっている。だけど……今の自分の精神状態では、子供たちに笑顔を向けるなんて、どう考えても無理だ。

「もしもし、小松原です。おはようございます。なんだか私、風邪引いてしまったみたいで……」

――休むの？　あら困ったわね。でも、子供たちにうつしたらいけないものね。じゃあ、お大事に。

奥沢亜希《おくざわあき》は、あっさりと言った。

正職員とはいうものの、若い女性に上から目線で言われると、あまりいい気はしない。

もしかして、星見という女も、亜希のように美人で、日本人も変わったなあと溜息が出てしまうような見事なプロポーションをしているのだろうか。小顔で手足が長くて、痩せているのに巨乳で……。

想像したくないのに、勝手に頭の中に次々と姿が浮かんできてしまう。どんどん胸が苦しくなってくる。

そんなとき、玄関チャイムが鳴り、ふと我に返った。

「宅配便でーす」

今日は新しいマットレスが届く日だった。

「ご苦労様」

ネット通販の在庫一掃セールで注文したものだ。

どうして夫婦お揃いのペイズリー柄なんかにしてしまったんだろう。それも、長持ちさせるために、硬質で厚めのものにした。

もう長持ちさせる必要なんてないのに……。

パソコンの前に座り、『星見のひとりごと』をもう一度開いた。

読みたくないけど読まずにはいられない。

知りたくないけど知らずにはいられなかった。

最初から読んでみた。

——四月一八日。今日からブログを始めまーす。誰かと話したくてたまらない夜があるからだよん。特にムギが帰ってしまった直後が寂しい。ムギはウザいオヤジだけど……でもやっぱり親身になってくれるからね。

四月?

その時点で、既に深い関係になっていたということ?

嘘でしょう?

もしそうなら、自分は少なくとも半年は騙《だま》されていたことになる。

夫のことを堅物《かたぶつ》だと思っていた。舅と同じで、頑固で融通が利かないところがあるけれど、根は優しい人だと信じていた。中元や歳暮のシーズンになれば、大東亜製粉のパスタの詰め合わせを、知らないうちに函館の母に贈ってくれていたりする。友人などに聞いてみても、そんな心配りのできる夫は多くはない。

だから……ずっと夫を信じてきた。ああ、なんてお人好し。パスタを贈るくらいのことがなんだって言うの。

四月といえば……。

菱子は手帳をめくる。

実花が中三になり、高校受験のことを具体的に考え始めた頃だ。真人は小五になり、英語塾に通うようになった。そして自分は、パートの日数を増やした。

夫に手伝ってほしいことや相談に乗ってほしいことが山ほどあったのだが、夫は夫でさらに残業が多くなっていたから遠慮していた。それというのも、中間管理職として脇目も振らずに懸命に働いていると信じていたからだ。大東亜製粉は三流企業だし給料も安いけれど、働き者の夫を立派だと思ってきた。だからこそ、家庭内のことまで心配をかけたくない、子供たちの教育は自分の役目なのだと気負っていた。

ああ、くやしくてたまらない。残業じゃなくて女の部屋へ行っていたなんて……。

そして……夏休みは？

急いで手帳をめくり、八月のページを見つめた。

仕事が忙しくて夏休みは取れないと夫が言うから、仕方なく夫を東京に残し、子供たちを連れて帰省したのだった。自分たちだけが涼しい北海道でのんびり過ごすのは、夫に申し訳ない気がして、夕飯を四日分作って冷凍し、冷蔵庫の中には夫の好きなつまみやビールも用意しておいた。

帰京して見てみたら、きれいになくなっていたはずだが？

もしかして、捨てた？

そういえば、夫にしては珍しく、きちんとゴミを出したような形跡があった。

「星見さん、私の方がよっぽど孤独よ」

パソコンの画面に向かってつぶやいていた。

どうしようもなくひとりぼっちだった。

十五年前、生まれたばかりの実花を胸に抱いたとき、自分の人生から「孤独」という文字が消えたと思ったのに……。

男女間に起こる嫉妬というものとは異質な感情だった。明日からどうやって生きていったらいいのかわからなくなるような、絶望にも似た気持ちだった。

誰かに甘えたい。

誰かって誰？

誰かに「大丈夫だよ」と言って、優しく頭を撫でてもらいたかった。

だから、その誰かって誰よ。

頭に思い浮かんだのは、キアヌ・リーブスだった。

空しい……。

次の瞬間、セブン-イレブンの甘辛するめが無性に食べたくなった。肌にも胃にも悪いとわかってはいるけれど、寂しいときつらいときに自分を慰めてくれるのは、甘辛するめだけなのだ。

菱子は、矢も盾もたまらずコンビニエンス・ストアへ走った。


その夜、夫は十時過ぎに帰宅した。残業だったのだろうか。それとも星見ナントカと会っていたのだろうか。問い詰めたかったが、子供のいる前での修羅場は絶対に避けなければならない。

「パパ、おかえり」

風呂から上がった実花が、食卓にいる夫に話しかける。

「ああ」

気のない返事だ。

「あなた、お代わりは?」

返事がない。ふと見ると、夫は箸をじっと見つめていた。まるで心ここにあらずといった顔つきだ。

実花が、ソファに座ってバスタオルで髪を拭きながら、不思議そうに父親を見た。

「ねえあなたってば、ご飯はもういいの？」

菱子が大きな声を出すと、夫はびくっと肩を震わせ、やっと顔を上げた。

「もう腹いっぱい」

元気のない声だった。

なんなのだろう。浮気がばれたことを知っているのだろうか。

まさか……そんなはずがない。

夫の横顔を見ているうち、浮気の現場が頭の中に浮かんできた。相手は、星見ナントカという見たこともない女ではなくて、学童クラブの奥沢亜希だ。だから、妙にリアルだった。

亜希は、子供相手の仕事には相応《ふさわ》しくない、身体の線がはっきりした洋服を好んで着る。タイトなミニスカートや、胸元の大きく開いた、ドレスみたいなワンピース。夫が亜希の背後に回り、ファスナーを下ろすと……痩せているのに出るところは出ていると いった見事なプロポーションが現われ……下着は黒のレースで……夫はなめまわすように全身を見て、それから……。

それ以上想像すると、苦しくてつらくて、涙が滲みそうだった。

「ご馳走様」

夫が言いながら立ち上がったとき、リビングの隅にある電話が鳴った。

金曜の夜といえば、姑からと決まっている。

歩いて十分のところに住んでいる夫の両親は、急に先月頃から毎週のように遊びに来るようになっていた。

「俺、明日は休日出勤だから、いないって言っておいて」

平然と言う夫を思わず睨んだ。もう絶対に騙されない。明日は尾行してやる。

「もしもし、すみませんけど明日は麦太郎さんが休日出勤するそうですし……えっ、かまわない？　でも来ていただいたところで子供たちも忙しいですし……」

自分のこの言い方で、迷惑に思っていることは明らかに伝わっているはずだ。これまでずっと、舅も姑も嫁の自分に気を遣ってくれるような人だったのに、最近はいったいどうしたというのだろう。

「……本当にすみませんが、私もＰＴＡの役員会がありまして……」

嘘をついた。夫の浮気のことで心は張り裂けそうなのだ。そんな精神状態で夫の両親に愛想よく振る舞うなんて不可能だ。

——実花と真人にプレゼントがあるのよ。どうしても明日渡したいの。

この前も姑はそう言った。びっくりするような変わったプレゼントでも持ってくるのかと思ったら、駅前の「ガトーフランセ」のシュークリームだった。

「あのう……何か特別な用事でも？」

――そういうわけでもないのだけれど、実花や真人にも会いたいしね。

「そうですか……。でも私も何時に帰宅できるかはっきりしませんので、こちらに来られる前にお電話いただけますか？　はい、よろしくお願いします」


入浴を済ませ、髪をドライヤーで乾かしてから寝室へ行った。

並べられた二組の蒲団は、枕の位置こそ同じだが、夫の足許は、開け放した押入れの中まで続いている。そして、自分の蒲団の先端は、壁のところで折り返している。

いつものことだが、嫌なことがあると、部屋の狭さまで憎くなる。

その夜はなかなか寝つけなかった。隣で夫が何度も寝返りを打ち、深い溜息をついているのが聞こえてくる。夫も珍しく眠れない様子だ。夕食後もずっと心ここにあらずといった感じだったが、星見ナントカとの間に何か心配ごとがあるのだろうか？

隣の蒲団の中で、夫は今まさに彼女のことを考えているところなの？

そう思うと、つらくてたまらない。

後悔したくないから、賢い対処方法を見出すまでは夫を問い詰めたりせず、浮気に気づいていないふりをしていようと決めていた。

でも……自分には、やっぱりできない。

このままでは、一日たりとも、いや一時間たりとも、いや一分たりとも、まともな神経を保てそうにない。気が変になりそうだ。

菱子は、思いきって起き上がり、電気を点けた。

「あなた」

「なんだ？」

夫は寝転んだまま身体をこちらに向け、蒲団の上に正座している妻を見上げて、眩しそうに目を細めた。

「あなたは……昨日の夜、ネットしてたでしょ？」

「ああ、してたけど？」

「あの……いいマンションが見つかったかと思って」

「いい物件はやっぱり高いね。郊外に行けば広くて手頃な価格のがあるんだけどなあ」

「そう……便利なところはやっぱり狭くて高いわよね」

「これから先、子供たちの学費がどんどん必要になってくるっていうのに、うちの会社の業績は悪化する一方だしさ。とはいえ、この狭さ、もう限界だよな。真人も窓のない納戸《なんど》じゃかわいそうだし」

「ええ……そうよね」

「子供たちが小さかった頃は、子供部屋なんていらなかったもんなあ。だからこんな家でも結構広く感じたもんだ。その頃は物も少なかったし」

「そうねえ……いったいどうしたものかしら」

「真人が仔犬を拾ってきたときは参ったよね。どうしても飼いたいって泣かれたとき、こっちまで泣きたくなったよ」

「ほんと、かわいそうだったわね。真人も仔犬も」

菱子は電気を消して蒲団に入った。

やっぱり夫を問い詰めるにはまだ早い。ひとりで生きていく目処《めど》が立ってからにした方がいい。

だって、もしもあっさり肯定されたらどうする？

自分はそのあと、どうやって生活していく？

必死に否定する夫の姿ばかりを想像していたけれど、きっとそれはテレビドラマか何かの影響だ。夫は口下手だから、咄嗟にごまかすことなんてできやしない。

菱子は目を見開いて暗闇を見つめた。

翌土曜日。

夫を玄関先で見送ったあと、菱子もすぐに家を出た。

昨夜から引き続き、今朝の夫の表情も何やらかなり深刻そうだったが、女のことなどではなく、仕事上の悩みのような気がしてきた。というのも以前、会社が吸収合併される噂が持ち上がったときも、今日と同じような曇った表情をしていたからだ。

ひと晩眠っただけで、夫に対する見方が百八十度変わってしまう自分には呆れる。だけど、時間を置いてからもう一度考えてみることは、冷静に物事を判断するうえでも大切なことだ。

それに、やっぱりどう考えても、夫が若い女と浮気するなんてあり得ない。だって、誰が見ても、夫はそういったタイプではないのだ。

だから、尾行したところで徒労に終わるに違いない。それでもなお夫のあとをつけるのは、自分の勘違いであることをこの目でしっかり確認して、安心したいからだ。

夫の背中を遠くに見ながら駅へ向かった。歩きながら、度の入っていないメガネをかけてマスクをする。服装はジーンズに黒のジャケット。印象に残りにくいものを選んだつもりだ。

夫の後ろ姿をこれほどしげしげと眺めるのは何年ぶりだろう。髪にはちらほらと白いものがまじり始めている。一八〇センチの長身でやせてはいるが、がっちりした肩幅。高校時代にはバスケで国体に出場したこともあるらしい。

次の瞬間、はっとして立ち止まりそうになった。

もしかして、若い女性から見たら、まだ魅力があるのでは？

自分は、夫が男性であるということを、すっかり忘れてしまっていたのではないだろうか。

夫の背中を睨みながら、改札を通り抜け、ひとつ離れたドアから同じ車両に乗り込む。土曜日だからガラ空きかと心配していたが、そこそこ混んでいたのでほっとした。文庫本を読むふりをしながら、大柄な女性の肩越しに観察する。夫は吊り革につかまり、放心したように窓を見つめていた。

しばらくすると、夫は肩のコリをほぐすように首を回し始めた。

あっ、まずい。

今、目が合った？

慌てて文庫本で顔を隠す。そしてさらに深くうつむく。

少し経ってから、そっと顔を上げてみると、また放心したように窓の外を見ていた。

駅に停まるたびに、数人が乗り降りしたが、夫は同じところに立っていたので、楽な尾行だった。

会社へ行くには、次の駅で乗り換えなければならない。菱子は、夫を視界の隅に捉えながら、ドアの前へ移動した。

えっ、どうして？

次の瞬間、血の気が引いた。ドアが開いたというのに、夫が降りようとしない。

いったい、どこへ行くつもりなの？

会社に行くんじゃなかったの？

女は第六感が働くなんて言ったの、誰？

妻の直感ですって？

嗤《わら》わせてくれる。

休日出勤に違いないと思っていた自分の甘さが、寝不足気味の神経を苛立たせた。

たくさんの人が降りて一気に空席が増える。

夫はと見ると、降りるどころかシートに座ったではないか。

そっと周りを見渡してみると、立っているのは自分だけだった。

まずい。このままでは目立ってしまう。

空いている席に慌てて腰をおろした。

座ってから、斜め前方が夫の席だと気づき、驚いて声を出しそうになった。

そっと深呼吸する。

恐る恐る顔を上げてみると、うつむき加減の夫は、膝に置いた握りこぶしをじっと見つめていた。

それから二十分。

夫が降りたのは、菱子が今まで一度も降りたことのない駅だった。

改札を出ると、アーケードのある商店街が延々と続いていた。休日だからか人通りが多い。見つからないようにと神経をすり減らしながら、夫を追いかけた。

しばらく行くと、夫はつと横道へ逸れ、視界から消えた。

焦った。小走りになって角を曲がると、風景が一変した。小さな一戸建てやアパートが所狭しと立ち並んでいる。その中に、遠ざかっていく夫の背中があった。

その後ろ姿を、〈土曜日は二割引き〉と書かれたクリーニング屋の立て看板の陰から見つめる。迷うことなく前方だけを見て歩く後ろ姿が、通い慣れていることを物語っているようで悲しくなった。

夫は、小さなマンションのエントランスへ入り、エレベーターに吸い込まれていった。

自分も急いでエントランスに走り込んだ。そこは、ステンレスの集合ポストがあるだけの狭い空間だった。エレベーターの表示板を見ると、最上階の七階で止まった。

ここに星見ナントカが住んでいるのだろうか。郵便受けを見ると、701号室は「山岸」、702は無記名。星見という名字は出ていないが、ワンフロアに二室しかないようだから、星見は702号室ということになる。

しかし……部屋がわかったところで、いったい自分はどうするつもりだったのだろう。乗り込むつもりだったの？

乗り込んだあと、どうするの？

わめき散らすとか？

そうしたら夫は驚くだろう。もしかして、この期《ご》に及んでも、必死に言い訳をしてシラを切り通そうとするのだろうか。いや、意外に開き直るのかもしれない。それとも土下座して謝るとか？

いずれにしろ、そんな夫の姿は想像することすらできない。

だって、真面目なだけが取り得のあの人が、どんな顔でそんなことをするの？

それとも、自分が知らない夫の一面が初めて露《あら》わになるのだろうか。

そして……それによって自分の人生は振り出しに戻る……。

いや、全くの見当違いということもあり得るのでは？　例えば、ここは同僚の独身男性が住むマンションで、何日も無断欠勤しているから心配になって様子を見に来たとか。

そう考えたとき、一瞬気持ちが明るくなった。でも、そんなことなら休日出勤などと妻に嘘をつく必要があるだろうか。

エントランスを出て、来た道を戻る。

大粒の雨がぽつんと頬に当たった。乾いた道路に黒い染みが見る間に広がっていく。

折り畳み傘を広げたとき、背後から聞き覚えのある声が聞こえてきた。

振り向くと、マンションから夫と女が肩を並べて出てくるところだった。ちょうどそのとき、目の前にトラックが停まったので、すばやく荷台の陰に隠れた。

あの女が星見ナントカ？

その場に崩れ落ちてしまいそうになるほどショックだった。若い女だろうとは思っていた。いや、ブログの内容からそんなことは気づいていた。

しかし、実際に目の当たりにしてみると、それは眩しいほどの若さだった。デニムの裾を切っただけのショートパンツ。すらりと伸びた長い脚。ノースリーブのニットのプルオーバーからは、贅肉のゼの字もない美しい二の腕を惜しげもなくさらしている。

——ほらみろ、あれがお前の失ってしまった若さだ。

世界中の人間が自分を嘲笑《あざわら》っている気がした。

いや、失ってしまったのではない。若い頃からプロポーションには自信がなかった。

——考えてもみろよ。男だったらどっちを選ぶと思う？

敗北感に打ちのめされた。

そのときふと、つい最近、婚約会見した俳優の顔が頭に思い浮かんだ。ここのところ、歳の差婚というものが芸能界では相次いでいる。四十半ばの男性タレントが、二十代の女性と結婚するというものだ。それを伝える男性レポーターの羨ましそうな表情といったら……。

——お前みたいなオバサンなんて、とっくに女としての商品価値はない。

——賞味期限が切れてるんだよ、あんた。

ふっと、生きていくのが嫌になった。

「しっかりしろよ。お前なら大丈夫だよ」

トラックの陰にいても、夫の声ははっきりと聞こえた。

「なによ、他人事《ひとごと》だと思って」

女は拗《す》ねたように口を尖らせ、夫を睨む。

子猫ちゃん……。

そんな呼び名がぴったりするような女だった。

自分はもう、間違っても子猫ちゃんなんて呼ばれない。

いや違う。若い頃からそんな呼ばれ方をしたことなんて一回もない。

夫と星見ナントカは、菱子に気づくことなくトラックの脇を通り抜け、商店街にある小さなスーパーへ入って行った。

菱子は向かいのコンビニで週刊誌をめくりながら、ガラス越しにスーパーを監視した。

両店舗ともガラス張りなのでよく見える。

星見ナントカがレジに並んだ。財布を出したのは彼女で、荷物を持つのは夫だ。

二人はスーパーを出た。

尾行しようと、菱子がコンビニを出たとき、ひとりの青年が夫の背後に走り寄った。

やんちゃな子供がそのまま大人になったような横顔が見える。青年が「こんにちは」と声をかけると、夫が「よう」と応えた。

誰？

夫を挟んで肩を並べた三人は、マンションのエレベーターに消えていった。どうやら青年は同じマンションの住人のようだ。夫は、既にご近所とも顔見知りらしい。女のところへ頻繁に通っている証拠だ。

住人と堂々と知り合いになるということは、妻子があることを隠しているのでは？

ああ、本当に人はわからない。

もうこの世の中の誰も信用できない。

じんわりとまぶたが熱くなってくる。

女の部屋に乗り込んで泣きわめきたい気もするが、それもあまりに空しい。今日のところはこのまま帰った方がいいのではないだろうか。

ぐずぐずと決心がつかず、雨の中を無闇に歩きまわった。

こんなとき、母ならどうするだろうと思った途端、声が聞きたくなってきた。

前方に小さな児童公園が見える。雨の降る公園には誰もいない。ぬかるんだ公園に足を踏み入れ、傘をさしたまま携帯電話を見つめた。

でも……遠く離れて暮らす母に、心配をかけるわけにはいかない。

そう思い直し、携帯をバッグにしまった。

帰りの電車に乗ってからも、まっすぐ家に帰る気にはなれなかった。とりあえずどこかでお茶でも飲んでいこう。そう考えたとき、小山田千砂《おやまだちさ》の顔が思い浮かんだ。

千砂とは、幼稚園から高校まで一緒だった。高校を卒業したあと、自分は東京の短大に進学し、千砂は函館に残って信用金庫に就職した。その後、千砂は機械メーカーの社員と結婚し、その数年後、彼の転勤に伴い東京で暮らすようになった。それ以降は、たまに会っておしゃべりするというつきあいが続いている。

カフェで待っていると、千砂が手を振りながら近づいてきた。

「菱子、なんかあった？　突然呼び出したりしてさ」

千砂が真正面から見つめてくる。

「うん、ちょっと……いろいろ」

幼馴染みというのは特別な存在だ。昭和時代の函館の街の空気、互いの家族の歴史や雰囲気、幼稚園から高校までの共通の同級生たち……。説明しなくてもわかりあえるものが、根底に数えきれないほどある。

「菱子、ダンナとうまくいってないんでしょ？」

「なんでわかる？」

「そりゃ、顔見ればわかるよ。例えばパート先の人間関係だとか、子供の進学のことなんかとは、表情の暗さが一段違う」

「さすが」

「菱子のダンナさん、浮気してんの？」

「どうやらそうみたい。相手は会社の女の子。もうどうしたらいいのか……」

「どうもしなくていいんだよ。何も見なかったことにしな」

「えっ？」

驚いて千砂を見た。

数年前、彼女は夫が浮気しているのを知って、その二ヶ月後には離婚したのだ。慰謝料ももらわず、身ひとつで家を出た彼女の潔さに、感動すら覚えた。

「今まで言わなかったけど、実は私、離婚したことを後悔してんだよ」

無理に苦笑してみせる千砂のつらそうな顔を、正面から見ることができなかった。

「……知らなかった」

「彼は、家にきちんとお金を入れてくれてたし、暴力を振るったことだって一回もない。どちらかっていうと優しい方だったと思う。それなのに離婚を迫るなんて、本当に私は馬鹿だった」

「だけど、彼は浮気してたんでしょう？　確か社内不倫だったよね」

「そう。裏切られた口惜しさったらなかった。もうこの世の中の誰も信じられないと思った」

「だったら……」

「でもね、離婚して初めてわかったよ。大切なのは心じゃなくてお金だってこと。お金のない暮らしがどんなに惨めか、生まれて初めて思い知った」

「やめてよ。今の世の中なんでもかんでもお金お金って。千砂までがそんなこと言うなんて……」

「菱子、あなた甘い。離婚してもいいのは、キャリアウーマンか、そうじゃなければ、温かく迎えてくれるリッチな実家がある場合か、それとも一生食べていけるくらいの慰謝料をもらえる場合だよ。そのどれでもない女は、結婚て形態をなんとしてでも続けていくべきなんだよ。食べさせてもらえるだけでも、本当はありがたいことなんだから」

千砂の実家は石屋で、今は弟が継いでいる。見るからに頑丈そうな弟の妻は、三人の子供を育てながら、家業もしっかり手伝っているらしい。それなりにやっていけているようだが、この御時世、石屋が特別儲かるはずもない。だからか、代替わりした実家に居候するのは気が引けたのだろう、千砂は離婚後も東京でひとり頑張っている。

「ヘルパーの仕事はやりがいがあるって、千砂、言ってたじゃないの」

「あんなの強がりに決まってるじゃない。ふっと死にたくなるときがあるよ。自分の食い扶持《ぶち》を必死で稼いで、やっと生きている。要は、食べるためだけに働いて、働くためだけに食べている。ただそれだけ。仕事はきついし、人間関係も殺伐としていて最悪。なんのために生きているのかわからなくなるよ」

「生きている意味……そう言われれば私だって……」

「菱子は違うよ。だって子供がいるじゃん。ダンナはどうあれ、子供にとって母親というのは必要だよ。それに比べて私なんか誰にも必要とされてないんだから、この世の中にいてもいなくてもいいんだもん。もうほんと、明日が来るのが嫌になるよ」

「千砂は海外旅行が好きだったよね。ほら、独身のとき、イタリアとかフランスとか毎年のように行ってたじゃない」

いつの間にか、自分が慰める側に回っている。今の千砂からしてみれば、夫の浮気なというのは贅沢な悩みであるらしい。

「海外旅行？　そんなのもう全然興味ない。そもそもお金もないし。それに、もう歳なのかなあ……悲しいことに、何を見ても感動しなくなっちゃったんだよね。物欲もすっかりなくなったしさ。ところで、相手の女と菱子とどっちが魅力的なの？」

「ずいぶん残酷なこと聞くのね」

「今の、わざと」

「どういう意味よ」

「だって現実は残酷だもん。夫の浮気相手を初めて見たときね、自分の危機意識のなさを思い知った」

「だって結婚して子供ができたら、男と女なんかじゃなくてトーちゃんとカーちゃんよ。それが悪いことかなあ。うちの両親だってそうだったし、その方が自然だと思う」

「わかるわかる。だけどさ、セレブの奥様たちの若さを見てみなよ。あの人たちのダンナ様は、しがないサラリーマンと違って浮気するチャンスがいっぱい転がってるの。だから、奥様たちはよその女に夫を取られないように、いくつになっても若さを保つために涙ぐましい努力をしてるよ」

そう言いながら、千砂は奥の方の席をそっと指差した。そこには、中年太りとは無縁の、華やかな女性たちが談笑していた。

「あの人たち、いくつぐらいなのかな」

スリムな上に皺ひとつないからといって、若く見えるわけでもなかった。年齢不詳としか言いようのない女性たちだ。

「四十半ばから五十くらいと見た」

「だけど千砂、うちはセレブじゃないんだから、ああいう人たちとは違うわよ」

「菱子は相変わらずだね。今は普通のサラリーマン家庭でも女はあれぐらいの緊張感が必要なの。会社の若い女の子たちが不倫をなんとも思っていない時代なんだよ」

「結婚というのは、安定を得るものじゃなかったの？」

「菱子の考え、かなり古い。まっ、とにかく、早いとこ相手の女に会いに行くんだね」

「えっ、会うの？　会ってどうするの？」

「夫から手を引いてくださいって、頭を下げて頼むんだよ」

「えっ、私の方が頭を下げるの？　冗談でしょう？」

「最近になって気づいたの。それが私の取るべき行動だったんだって。今さら後悔しても遅いけどね」

「千砂の言ってること、わけわかんない」

「菱子、ちゃんと聞いて。溜息ついてる場合じゃないんだってば。私たちは来年、四十歳になるんだよ。もう十分大人だよね。頭を下げることくらい、たいした屈辱じゃないよ。離婚したあとの惨めな生活を想像してごらんよ」

「私にもプライドがある」

「生活費がなくなればプライドなんて木端微塵《こっぱみじん》だよ。お金のない生活を真剣に、具体的に、想像してみな。そしたら私の言ってること、理解できると思う」

「夫と別れてくださいって頭を下げるなんて、そんなこと……」

「相手の女が軽薄で貧乏だといいね。そしたら三十くらいで手を打ってくれるかもよ」

「もしかして三十って三十万円のこと？　私の方がお金を出すの？　そんなに？」

「三十万なんて端金《はしたがね》だよ。それで済むんなら安いほうじゃない」

「そんな惨めな思いまでして結婚生活を続けたいとは思わない」

「ほんとに甘い。いつまでも夢見る少女みたいなこと言ってられないんだよ」

「私は昔から現実的な人間よ」

「じゃあ聞くけど、離婚したあと子供たちをどうするつもり？」

「もちろん私が引き取るわよ。あんな男に任せるわけにはいかないもの」

「ほお。どうやって生活していくの？　女ひとり食べていくだけでも大変なのに、学費はどうやって捻出するわけ？」

「それは……そうだけど、でも、このままの生活は、とてもじゃないけど私は……」

声がだんだん小さくなった。

「ごめん。菱子、わかったわかった。時間をかけてよおく考えてみて。それでもどうしても離婚したいっていうんなら、浮気の証拠を集めるんだよ。ボイスレコーダーを買うといいよ。確実に慰謝料を手に入れるためにね」

千砂と別れて自宅に帰ったとき、既に午後四時を回っていた。

「菱子さん、お帰りなさい」

夫の両親がマンションのドアの前に立っていた。

「待って頂いてたんですか？　遅くなってすみません。いらっしゃる前にお電話を頂けると思っていたので……」

「いいのよ、ちょうど今来たところなの」

姑がにっこりと笑って言ったが、舅が腰を手で押さえているところをみると、長い間ここで立って待っていたに違いない。

それにしても、この二人はいったい何を考えているのだろう。ここのところ、毎週のように遊びに来る。舅は昔ながらの頑固一徹といった感じの、履物《はきもの》屋の三代目である。職人肌で口数が少なく、いつも苦虫を嚙み潰したような顔をしている。そんな舅が息子夫婦のマンションに頻繁に遊びに来るなどということは、つい最近までなかったことだ。歳を取ると、急に寂しくなるものなのだろうか。毎週でも孫に会わずにはいられないほど？　しかし、実花も真人も、祖父母に甘えたい年齢をとっくに過ぎている。

とはいえ、夫の両親の関心が菱子一家に集中するのもわからないでもない。というのも、夫には妹がひとりいるのだが、仙台に住んでいるし、子供がいない。

夫の妹は、菱子の短大時代の同級生である。彼女は短大を卒業後、しばらくは自宅近くの写真現像店に勤めていたが、店の常連客だった会社員と結婚した。その後は夫の転勤先の仙台で暮らしている。子供がなかなかできないとは聞いていたが、もうあきらめたのか、数年前に地元の下着メーカーで正社員の職を得たらしい。それ以降、実家のある東京には滅多に帰って来なくなった。

「どうぞ」

姑の好みに合わせて、濃いめの煎茶を淹れる。

「ありがとう。気を遣わないでね」

そう答える間も、姑はリビングをじろじろと見渡している。

「ベランダを見てもいいかな」

舅が立ち上がった。

「ベランダ、ですか？」

あまり見られたくない。物置代わりに使っているから、ごちゃごちゃと物が溢れているし、植木鉢の花も枯れてしまっている。

「そういえば、ずいぶんと長い間、子供部屋を見てないわ」

言いながら姑がお茶を啜る。

どうやら子供部屋も見たいらしい。

もしかして、掃除が行き届いていないことを怒っているのだろうか。子供に手がかかる時期は大目に見ていたけれど、もうそろそろ主婦業を完璧にこなすべきだとでも言いたいのか。しかし、子供が大きくなったと同時に自分は仕事に出るようになったのだ。

「寝室は何畳だったかな？」

ベランダを見終えた舅が、振り向きざまに尋ねた。

「寝室、ですか？」

断わる理由もないが、嫌な気分だ。

姑までがさっと立ち上がり、寝室へ向かおうとしている。

「えっ、これが六畳？」

舅が驚いたように言って、寝室の入口で立ち止まった。

「押入れが半間しかないうえに畳のサイズが小さいものですから」

壁に沿ってずらりと並んでいるのは、洋服ダンスに整理ダンスに和ダンス。その向かいは、積み上げられた収納ボックスと夫の机があり、畳の見えている部分は半分くらいしかない。

大きな地震が来たら間違いなく崩れる。掃除はきちんとしているつもりなのだが、なんせ狭い。

「掃き出し窓があるからいいようなものの、それがなければ息が詰まりそうね」

「すみません」

なぜ自分が謝らなければならないのだ。

夫への不信感が募っているせいか、夫の両親のひとことひとことが気に障《さわ》る。いや、存在そのものが今日は鬱陶《うっとう》しくてたまらない。

「実花や真人が高校生や大学生になったら、ここじゃ狭いな」

舅が、眉間に皺を寄せてつぶやく。

「はい……本当に……」

だからなんだというのだ。

気に入らないことは、なんでもかんでも嫁のせいなのか？

こんなマンションしか買えなかったのは、あんたたちの息子の稼ぎが少ないからでしょう？

そう心の中で叫んでから、はっと息を呑んだ。

夫の給料の少なさを詰《なじ》る気持ちになったのは、結婚以来初めてのことだった。

どうやら自分は、夫の浮気のせいで、何もかもが嫌になっているらしい。


二人が帰って行ったのと入れ違いに、夫が帰って来た。

「お疲れ様、夕飯は？」

「食べてきた」

「土曜日なのに、晩ご飯まで会社で食べてきたの？」

実花と真人はそれぞれの部屋に引き上げていた。リビングでの話し声は聞こえないはずだが、念のために廊下に続くドアをきっちり閉めた。

「コンビニ弁当、会社のデスクで」

そう言いながら、夫が冷蔵庫からビールを取り出している。

──嘘つかないでちょうだい。私、見たのよ。

声に出そうとすると指先が震えた。だから心の中で言った。

──女のマンションに行ったくせに。女とスーパーに入るところだって見たんだから。

問い詰めたいが、声にはならない。

──見たのは至近距離よ。

人違いだと言ってごまかされないように、そうつけ加えたい。

夫は何食わぬ顔で缶ビールのプルトップを開け、大きな溜息をついた。

「なんだかお疲れのようね」

「いろいろと大変でね」

「土曜日も仕事なんて、ずいぶん忙しいのね」

「社長が交代してから、社内の雰囲気が一変したんだ。黒木部長も定年を待たずに会社を辞めちゃったし」

「部長は確か、身体を壊して入院されたんだったわね」

「表向きはそうなってる。でも本当は違うんだ。追い詰められたんだ。社長が交代してからは、そりゃもうノルマが異常で、社内が殺伐とした雰囲気になったんだ」

もう騙されない。

「あら？　家庭的な雰囲気の会社だと言ってたじゃないの」

「それは昔の話だよ。今はもう誰も彼も自分のことで精いっぱいさ。ギスギスしてる」

よくもそんなデタラメがすらすらと出てくるものだ。

夫が風呂に入っている間に、夫の携帯電話から〈ホシミ〉と登録されている電話番号を見つけた。心臓がドキドキした。夫の携帯を無断で見るのは初めてだった。

罪悪感を抱く一方で、妻にこんな惨めなことをさせる夫を憎いと思った。


もう限界だ。

あれから一ヶ月、夫の浮気のことが、いっときも頭から離れない。家事もおろそかになり、パート先でも身体の具合が悪いのかと心配される始末だ。このままではいけないと思うのだが、どうしたらよいのかわからない。

あれから毎日、夫も子供も出かけたあとに、ブログ『星見のひとりごと』を読んでいる。それによると、夫は少なくとも週に二回は彼女の部屋へ行っているようだ。

きっと今日の夫は帰りが遅い。月曜日は彼女の部屋へ行く日だからだ。

「もう嫌だ、こんな生活」

声に出して言ってみた途端、猛烈に悲しくなった。

そろそろ着替えてパートに行く準備をしなければならないのだが、気力が出ない。

しばらくぼうっとしたあと、気づいたら実家の母の携帯に電話をかけていた。

「あ、もしもし……私だけど」

——やんや、ひじご、どしたのさ。しばらぐでねえの。こっだら時間に珍しいっけさ。なんかあったんでないかい？　声に元気ないっしさあ。

声の調子だけで心の状態を感じ取ってくれるなんて、さすが母だ。

そう思うと、それまで心細さや孤独を支えていた防波堤が一気に決壊したかのように、涙が溢れ出した。

これからどうやって生きていけばいいのかわからない。

結婚の意味がわからない。

何を信じればいいのかわからない。

手の甲で涙をぬぐいながら、夫の不倫のことを母に話した。

——浮気？　やんや、まさが。なして麦太郎さんが、そっだらごど……。

「離婚した方がいいべか？」

——すっだらごど、やめれ。がっつり、はんかくせえ。我慢するしかねえんでねえが？　別れだあど子供さ二人抱えて生活していぐの、ゆるぐないべさ。んだべ？　言っとくけど出戻りは困るべや。子連れでこっちさ戻って来だどころで、兄ちゃんの世話になるわげにもいがねし、節子《せつこ》さんだっていい顔しないっしょ。

「やんや、そっだらごど、わがってる。したけど、あだしはどしたらいいべさ？」

——なんもしねえのが一番だわ。波風立てねえごどだべさ。ひとつだけ気をつけねばなんねえのは、相手の女に子供を産ませねえごどだ。そっだらごどなっだら、ひじごの人生わやくちゃになるべさ。

「なんだば？　妊娠？　まさが、すっだごどねえと思う」

言ってから、何の根拠もないことに思い当たる。

——せば安心だべさ。おめさの方から離婚したいなんて言っだら絶対だめだべさ。おめさの席にその女が座るだけだべ。

どうして母も千砂も、こんな重大な心の問題を損得勘定で割り切れるのだろう。そういうのを大人の女と呼ぶのだとしたら、自分など死ぬまで大人というものにはなれそうもない。

——子供だちには影響、出でねが？　ちゃあんと面倒見でやっでけれ。

実はここ一ヶ月、常に心ここにあらずの状態で、学校からのプリントでさえ、まともに目を通していなかった。

——したって、ひじご、おめさにも責任あんだわ。父ちゃんも大反対しでだのに、そっだら男と結婚するからだんべや。おめさに見る目がないからでねえの。北大出の医者やら弁護士やらとの見合いの話もたくさんあっだのにさあ。

電話なんかかけるんじゃなかった。母が言いそうなことは最初から想像がついていた。

実家は今でこそ電器屋だが、祖先は戊辰戦争で旧幕府軍として戦った大名だ。そんなことをいまだに誇りにしている家なのである。

――ひじごも知ってるだろけど、世が世だらおめさはおヒイ様なんだべさ。おめさの祖先は五稜郭の戦いのときに……。

「そっだらもん、むがしむがしのことだべさ！　今のあだしには関係ねぇ！」

電話を切った。

★

あーうまかった。

カレーピラフの上にチキンカツが載ってて、たったの三九八円。

外に食べに行くより断然安い。

やっぱりあたしはこういうのでいいんだよ。

だって給料チョー安いから、家賃払うので精いっぱいだし、お母さんがカネに困って突然あたしの部屋にカネせびりに来たりするしね。まっ、お母さんに対しては怒り心頭だけど、母ひとり子ひとりで親戚もいないから仕方ねえよ。頼れるのはあたしだけなんだから。

周りにはだあれもいない。

いつものように女の人たちは連れ立ってランチへ出て行った。

四月からここで働くようになって半年。あたしはいまだに誰からもランチに誘われたことがない。初めのうちは、あたしが派遣だから仲間に入れてもらえないんだと思ってた。だけど最近になって、周りにいる女の人の半分以上が、あたしと同じ派遣の身分だと知ったときのショックといったら。

ざけんなよ。バカヤロウ。

いつもあたしだけ誘ってくれない。

いつだってひとりぼっち。

どこへ行っても溶け込めない。

もちろん、あたしが悪いんだってことくらいわかってる。だって、あたしっていう人間は、誰が見たってチョー感じ悪いもん。

中学に入学した頃、感じのいい人になろうと必死に愛想笑いしたことがある。でも、三十分が限度だった。それ以上やると、頬の筋肉が引きつった。

あたしの一生って、ずっとこんな感じのままなのかな。だとしたら、あんまり長生きしたくない。

今日はちょっと贅沢してデザートも買った。

おいしそうなモンブランプリン。

スプーンのビニールを剝《は》ごうとしたとき、ケータイが振動した。

登録していない電話番号だ。

「もしもし……」

——もしもし、あなた、星見さん？

聞き覚えのない女の人の声だった。

昔の仲間とはきっぱり縁を切ったつもりだけど、たまに嫌がらせの電話をかけてくる馬鹿がいる。このまま切ってしまった方がいいかも。

——もしもし、聞こえますか？　あなた、星見さんですよね？

「だったらなんだよ」

——え……。

「あんた誰？」

——失礼致しました。わたくし小松原麦太郎の家内です。

「コマツバラ？　カナイ？　えっ、あんた、ムギの奥さん？」

——今度、私と会って頂けないでしょうか。

「は？　えっと……会うって、奥さんとあたしが？　会ってどうすんのさ」

──星見さんは風花庭園をご存知ですか？

「聞いたことはあるよ」

──次の日曜日の午後一時に、そこの入口で待ち合わせというのはどうでしょう。

「別にいいけど、でも……」

──このことはうちの夫には絶対に内緒にしておいてもらいたいんです。

「なんで？」

──それは会ったときにお話しします。

「あのさあ、悪いけど、あたしそういうの好きじゃないんだよ。言いたいことがあるなら今はっきり言ってくんないかなあ」

──それではよろしくお願い致します。

切りやがった。

マジかよ。

あたしに会ってどうすんだよ。

ムギの奥さんは、言葉遣いだけは丁寧だったけど、必死に怒りを抑えてるって感じだった。ムギから聞いた話では、奥さんは三十九歳。ということは、うちのお母さんと同い歳だ。でもきっと、うちのお母さんとは月とスッポンなんだろうな。

次の日曜日、風花庭園へ向かった。

だって、すんげえ天気いいのに、何の予定もなくて暇だったから。

風花庭園は駅近だからすぐにわかったけど、赤レンガの立派な塀がずうっと遠くまで続いてて、歩いても歩いてもなっかなか入口が見えてこない。

歩くのが嫌になりかけた頃、やっと門が見えてきた。窓口で、若いカップルや中年のおばさんグループなんかが入園料を払っている。その横で、シルバーボランティアみたいなジーサンたちが箒《ほうき》でゴミを集めているのが見える。

その後ろの方に、人待ち顔で立っているのが何人かいて、その中に、じっとあたしを見つめている女の人がいた。

「あなた、星見さんね。はい、これ。あなたの分も買っておいたから」

その女の人は、入園チケットを差し出した。

「あんたがムギの奥さん?」

「そうです」

想像通りの人だった。かっちりしたスーツを着ているわけでもないのに、きちんとした感じがする。きっと家の中もきれいなんだろうね。

あたしは人と目を合わせるのが昔から苦手だけど、奥さんはあたしを真っ直ぐに見つめた。まともな家に生まれ育って、真面目に生きてきた人の匂いがする。

うちのお母さんが、こういうタイプだったらどんなに良かっただろうと思う。そしたらあたしだって心を開いてなんでも話せるし、仲良くできるのにね。でも、そんなこと思うのは、いつも自分の方だけで、こういう感じの女の人に好かれたためしがない。

前を行く奥さんの後ろ姿を眺めた。歩き方ひとつとっても、うちのお母さんなんかとは全然違う。うちのお母さんは、靴のかかとを踏んだまま地面にこすりつけるような歩き方をするから、こんな砂利道なんかだときっと大きな音を立てる。

「奥に静かに話ができるベンチがあるの。そこまで行きましょう」

いきなり奥さんは振り返って言った。後ろ姿を無遠慮に眺めていたのを、気づかれちゃったよ。そう思うと、声が小さくなる。

「うん……わかった」

ベンチに座ると、奥さんはぎこちなく微笑んだ。

「うちの夫のこと、独身だと思っていたわけじゃないわよね」

「独身？　ムギが？　そんなこと思ってないけど？」

「つまり、妻子がいることを最初から知っていたのよね？」

小さい子を諭すような優しい言い方だった。

「うん、知ってたよ。っていうか、会社の人はみんな知ってる」

「あなた、会社以外でも主人に会ってるでしょう？」

「うん」

「あなたの部屋にも行ってるわよね」

「うん……ごめん」

「これからどうするつもりなの？」

「どうするって、何が？」

「あなたにも将来があるでしょう？」

「あるわけねえじゃん。今までだって、ろくな人生じゃなかったし」

「あのね、はっきり言わせてもらうけど、私はあなたの将来なんて本当はどうでもいいの。うちの家庭のことを考えてもらいたいだけなのよ」

「ああ、そういうことね。だから謝ったじゃん。悪いと思ってるよ」

週に二回もあたしの部屋に来ているから、家に帰る時間が遅くなっているはずだ。奥さんも子供も寂しいんだろうね。あたしには父親がいないから、それがどういうものだか本当はよくわかんないけど。

「意外に思うかもしれないけど、夫婦仲はいいのよ。子供も大きくなったから、休日には二人でデートすることもあるわ。先週は映画を観に行ったあと、カフェでおしゃべりしたし」

「うん、知ってる。ムギから聞いてるよ」

「えっ、本当？　最近の若い人って、想像以上にドライなのね。そう出られると勝ち目はないわ。だけどね、人間はみんな平等に歳を取るのよ」

奥さんがこちらへきちんと向き直り、あたしの目を見て言った。「星見さん、あなただってこの先四十歳にも七十歳にもなるのよ。将来のことも考えた方がいいと思うわ」

「はいはい。将来、将来って、大人はその言葉が本当に好きだよね」

「あなたは独身の男性と健全なおつきあいをした方がいいと思うの」

「健全かあ……」

確かに、ろくでもない男としかつきあったことがない。健全という言葉とは無縁の人生だった。

「現実を見つめなくちゃ。現実から目を逸らせたってなんの進歩もないわ」

奥さんの顔つきが厳しくなった。学校の先生みたい。

「あのさあ、結局、奥さんはなんの用があって、あたしを呼び出したの？」

そう言うと、奥さんはびっくりしたような目をしてあたしを見つめた。と思ったら、次の瞬間、思いきり目を逸らした。そして、口を真一文字に結んで灯籠《とうろう》を睨んだ。

「私が言いたいのは……もうこれ以上、主人とはかかわらないでほしいってことよ」

「ああ、そういうことか。でもさ、ムギのやつが一生懸命だからあたしも断われなくて」

　そう言うと、奥さんは前方を見つめたまま下唇を噛んだ。

「そういうことなら……星見さんの方から、もう来ないでと、はっきり言ってもらえないかしら」

「それがね、そうもいかないんだよ。あんな必死な顔見たら、さすがのあたしもなかなか言い出せないんだよ」

「いい加減にしてよ！　人を弄《もてあそ》ぶのはやめなさい！」

　奥さんは突然、大きな声を出した。

「弄ぶ？　そんなつもりないよ」

「だって、現にあなた……」

　そのとき、背後から、はぁーと、わざとらしいほどの大きな溜息が聞こえてきた。

　びっくりして振り返ると、真っ赤なロングドレスを着たババアが立っていた。

「あーもやかましか。死ぬごと残念ばい。おなご同士の争うことが、オイはいっちょん好かん。まっと助け合わんとね。つまらん争いばしとるけん、本当の敵ば見失うとよ」

　あたしと奥さんの会話を、ずっと後ろで聞いていたみたいだ。

　やな感じ。

「物事はなんでん相手ん立場ん立って考えてみることが大切ばい。そしたら喧嘩ばしとる場合じゃなかことに気がつくはずばい」

八十歳くらいだろうか。いや、百歳くらいかな。

よく見ると、ドレスはすんげえ汚れてて、顔は黒ずんでる。

ホームレスかよ。

「このおばあさんの言う通りよ。私の立場に立って考えてみてほしいの。結婚したことがなくても、妻や母親の立場を想像することはできるでしょう？」

「さあ、どうだろね」

まともな家に育ったわけじゃないから、普通の家庭がどんなのかなんて、あたしにはわかんない。

「なんなの、その言い方。そもそも家庭を壊すようなことを、なぜやるのよ」

「壊す？　もしかして家庭がやばいことになってるの？」

「当たり前でしょう」

「でもさ、それって、あたしだけのせい？」

「ほんと薄汚い女ね」

「そがん罵り合いば、レディのすっことじゃなか。こいからどがんすればよかかは、神さんの考えに任せたほうがよかとたい」

ババアがしわがれた声で言いながら、ベンチを回り込んで来て、奥さんとあたしの前に仁王立ちになった。

「おばあさん、ちょっと黙っててくれないかしら？　こっちは真剣なんだから」

奥さんの声を無視して、ババアは肩から赤いショールを外し、左右に大きく振り始めた。目をつむり、呪文を唱えるみたいに口の中でごにょごにょと何やらわけのわからないことをつぶやいている。

「えいやっ！」

ババアが大きな声を出した途端、地面が揺れた気がした。

「うん、うまかこといった」

ババアはひとりで納得したようにうなずいていたけど、鬱陶しいから無視することにした。

「奥さんの言う通り、確かにあたしは薄汚い女かもしれない、だけどさ、あたしは今のぎりぎりの生活から抜け出したいんだよ。だから……」

言いかけて絶句した。奥さんの顔があたしの顔だったからだ。

目か頭がおかしくなってる？

「そんなの、私の知ったことじゃないわよ。あなたね、自分の生活は自分で……」

言いながら奥さんは、あたしの方に向き直って、あたしを睨んだ。

いや、睨もうとした……でも一瞬にしてそれは驚愕の表情に変わった。

奥さんは、両手で口を押さえて叫び出しそうになっている。

「なんなの？　あなた誰？　あなたは私？　えっ、じゃあ私は誰？」

「ほれ、見んね。どがん？」

ババアが大きな手鏡を差し出したので、二人並んで鏡に顔を映してみた。

「嫌だ、なんなの、これ！」

奥さんが叫んだ。

わけのわからない恐怖であたしの身体ががくがくと震え出した。

「奥さん、あたしが……奥さんになってる。どういうこと？」

自分の手を見た。小さな手だった。ぽっちゃりした指に結婚指輪がはめてある。

「入れ替わったの？　どうして？　おばあさん、いったい何をしたのよ」

言いながら奥さんが立ち上がった。

「相手の気持ちば芯までわかったら元に戻るけん」

「おいババア、いい加減にしろよ」

そう言ってババアの襟首《えりくび》をつかもうと手を伸ばしたのに、ババアはひらりと身をかわし、去って行った。

第二章　入れ替わる

◆

菱子はのろのろとした足取りで、元いたベンチへ向かった。

必死で捜しまわったというのに、おばあさんはどこにも見当たらなかった。腰が曲がっていたから、それほど速く歩けるとは思えないのに、どこにもいない。あの真っ赤なロングドレスなら年寄りでなくても人目を引くはずだし、あの鏡にしても、持ち歩くには大きすぎるから目立つのに……。

まるで忽然と消えてしまったみたいだった。

今頃、星見ナントカがおばあさんをつかまえてくれているといいのだけれど……。

彼女とは、池の手前で左右に分かれたのだった。

菱子は自動販売機の前で足を止め、小銭を出そうとして初めて、自分の持っているバッグが星見のものだと気づいた。喉がからからに渇いていたが、他人のバッグを勝手に開けるわけにはいかない。しかも、夫の不倫相手のバッグなんて。

——二人の関係をこそこそ嗅ぎまわっている惨めな妻——

きっとそう思われる。

しかし、今日の暑さは、秋とは思えないくらいだった。

「小銭を借りまーす」

小さな声でつぶやいてから、ピンクの財布を取り出し、緑茶のペットボトルを二本買った。

少し歩くとベンチが見えてきたが、星見はまだ戻っていなかった。

ベンチに腰を下ろし、冷えた緑茶をごくごくと喉を鳴らして飲んだ。ふうっと息を吐くと、額に汗が滲んできた。汗を拭きたかったが、ハンカチもまた自分のバッグの中だ。

「今度はティッシュを借りまーす」

言いながらバッグを開ける。

「なんなのよ、人を馬鹿にして」

バッグの中に、見覚えのある夫のハンカチを発見した。きちんと折り目のついた夫のハンカチを広げ、くしゃくしゃにしてからゴミ箱に投げ捨てた。

あんな女の分まで飲み物を買ってきてやるなんて、なんて自分はお人好しなんだろう。

本当に嫌になる。

それにしても、星見があれほど悪びれない態度に出るとは予想外だった。そのうえ、夢中なのは夫の方で、彼女はそれほどでもないなんて……。

いい歳をして夫も夫だ。あの女は中三の実花と五歳しか違わないのだ。実花が知ったらどんなにショックを受けるか考えてみてほしい。

「残業なんて嘘ばっかり」

平気で妻を騙すような男だったとは……。

結婚して十五年も経つというのに、夫のことなど何ひとつわかっていなかった。星見の存在を知った今でも、若い女にデレデレする夫の顔を想像することすらできない。

どこの夫も、妻からすればみんな単純で嘘が下手だと思っていたが、単純なのは自分の方だった。夫の言葉を疑うどころか、残業が多いことに不満も言わず働く夫に、自分は尊敬の念すら抱いていた。

夢なら早く覚めてほしい。

身体が入れ替わったことだけでなく、夫の浮気も夢だったらどんなにいいだろう。

目の高さまで手を上げてみる。自分の手より、ひとまわり大きい。細くて長い指。鏡で顔を確かめてみるまでもなく、星見の身体であることに間違いなかった。

いやいや、夢に決まっている。こんな非科学的なことが現実に起こるわけがない。それとも、自分の頭がどうかしてしまったんだろうか。それとも、単に目がおかしくなっただけかもしれない。

でも……。

周りの木々も、遠くに見える売店も茶室も空の色も、何ひとつ変わったところはない。池の向こう側には菊が揺れていて、金木犀《きんもくせい》のそばを通ったときには、その香りが郷愁を呼んだ。

やっぱり頭も目もおかしくなんかなってない。

腕をつねってみると……痛い。

――物事はなんでん相手ん立場ん立って考えてみることが大切ばい。

おばあさんのしわがれた声が脳裏に蘇る。そしてそのあと、赤いショールを左右に大きく振り、目をつむってわけのわからない呪文を唱えたのだった。

――えいやっ！

そう叫んだ瞬間に身体が入れ替わってしまったから、やはり、あのおばあさんには不思議な力が備わっているとしか思えない。

まさか、そんなバカなこと……。

畏《おそ》れやら不安やら疲労やらで、考えがまとまらない。気持ちを落ち着かせるために、深呼吸してみようと腰に手を当てて身体を反らせた。

あれ？

感触がいつもと違った。腰周りに脂肪が全くついていない。自分も若い頃はこうだった。失ってしまった若さをまざまざと見せつけられた思いがして、さらに気持ちが落ち込んだ。

「疲れたよー」

そう言いながら、こっちに向かって走ってくるのは、紛れもない自分の姿だった。思っていたより老けていた。鏡で見る自分とは違う。知らず知らずのうちに、自分が少しでも若く見えるお気に入りの角度で鏡を覗く習慣が身についてしまっていたのかもしれない。

「赤いドレスのクソババア、どこにもいなかったよ」

「え？　見つからなかったの？」

ひどくがっかりした。

星見がなかなか戻ってこないので、きっとおばあさんを見つけて、身体を元に戻す方法を聞き出しているに違いないなどと、どうやら自分は都合のいいことを期待していたらしい。

おばあさんを見つけられないのなら、いったいこれからどうすればいいのだろう。

「よかったらどうぞ」

ペットボトルを差し出してやる。

「どもども」

そう言いながら、自分の顔をした星見が隣に腰を下ろす。

「あれ？　もしかしてペットボトルを買うカネ、あたしの財布から出した？」

「ごめんなさいね。喉がからからからだったものだから」

「勝手に人のカネ使うなよ」

「そういう言い方……」

「バッグ返しな」

星見は、もぎ取るようにして菱子の手からバッグを奪ったあと、自分の持っていた菱子のバッグを乱暴に投げて寄越した。

「なんて失礼な人なの」

星見を睨みつけようとしたら、そこには自分の顔があった。混乱しそうになるので、池の方へ目を逸らす。

「あのババア、しばらくしたら戻ってくると思うよ」

のんびりした口調で星見が言った。

戻ってくる？　自分から？

考えてもいなかった。本当にそうなら助かる。でも、ここは駅前の公園なんかとは違い、きちんと管理されている庭園だから、ホームレスが段ボールハウスを作ることはできない。つまり、おばあさんにとっての〈帰る場所〉ではないと思うのだが……。

「どうして戻ってくると思うの？　その根拠は？」

期待を込めて尋ねてみる。

「根拠なんてないよ。なんとなくだよ」

「あなたって……」

こんな馬鹿女の、いったいどこがよくて夫はつきあっているのだろう。

ぼうっと前方を見つめている星見の横顔を、軽蔑と憎しみの混じり合った気持ちで盗み見る。自分の姿をしているが、よく見るとやっぱり自分ではない。高校生の男の子みたいに背中を丸めて前屈みになり、足を組んでいる。いかにもガラが悪い。

「あんた、今、あたしのことチラ見したろ」

視線に気づいたのか、星見がこちらを見た。

「姿勢が悪いと思って見てたのよ」

「しょうがねえだろ。疲れてんだよ。こっちは奥さんと違って働いてんだからさ。三食昼寝つきの主婦と一緒にすんなよ」

「失礼ね」

フルタイムで働いている子持ちの女に言われるのなら納得するが、気楽なひとり暮らしの女になんか言われたくない。

怒りを呑み込みながらベンチの背にもたれかかると、もう二度と立ち上がれないかと思うほどぐったりした。神経だけは毛羽立っているが、思考力も落ちている気がする。

「ところで今、何時頃かしら」

ひとり言のようにつぶやきながら自分の手首のあたりを見ると、スポーツタイプの腕時計がはめてあった。

「文字盤が大きくて見やすいわね」

「その時計、ムギからのプレゼントだよ」

「へえ、そうだったの。見るからに安っぽいわ」

気にも留めないふうに言ってみたが、本当は怒りで身体が震えそうだった。マンションの頭金を貯めようと、日々百円単位で涙ぐましい節約をしているのだ。たとえ安くても、よその女に時計を買ってやっていたなんて許せない。

——ほかには何を買ってもらったの？

本当は尋ねてみたかった。二人の間のことはすべて知りたかった。でも、これ以上惨めな気持ちになりたくなくて、ぐっと呑み込んだ。

「安くてもいいんだよ。ハートが大切なんだ」

「便利な女ね」

「そういう言い方やめなよ」

「あらごめんなさい。じゃあ言い換えるわ。安い女ね」

「安い女……うん、確かに。中学のときからそう言われてた」

そこまで開き直られたら、言葉の返しようがない。

——そろそろ閉園の時間です。門を閉めますので、すみやかに出てください。

園内放送が流れてきた。

「えっ、閉園？」

強烈な不安に襲われた。ここを離れてしまうと、元に戻る手がかりを永遠に失ってしまう気がする。

「奥さん、どっかそこらへんのカフェで時間潰そうよ。そのうち身体も元に戻ると思うから」

「その根拠は？」

「だから、なんとなく、だよ」

これほど能天気な女にかつて出会ったことがあるだろうか。

菱子は呆れながらも、そのお気楽な考えにすがることにした。そうでもしなければ、不安で気が変になりそうだった。

駅前まで行き、最初に目についたカフェに入った。窓際に座り、道行く人々の中に、例のおばあさんがいないかと目を凝らす。

「あと三十分くらいで元に戻ってくれればいいんだけど……。それとも一時間くらいはこのままなのかしら。夕飯が心配だわ。うちは、休日の夕飯は早いのよ。だけどこの姿じゃ家にも帰れないし……。いっそのこと星見さんと二人で帰って、夫や子供たちに、私たちが入れ替わったことを説明したらどうかしら」

「奥さん、そんなの誰も信じないよ。頭がおかしくなったと思われるのがオチだよ」

他人ならそうかもしれない。でも、子供たちなら信じてくれると思う。だって、証拠はいくらでも示すことができる。例えば、家の中のどこに何があるのかを自分は誰よりも知っているし、家族や実家について質問されたなら正確に答えることだってできる。

それよりも、問題は夫だ。妻と愛人が連れ立って帰ってきたのを見た時点で、夫は慌てふためくに違いない。入れ替わったのだとどんなに説明しても、落ち着いて聞く余裕なんかないに決まっている。

そんな父親の姿を見て、子供たちが敏感に何かを感じ取ったりしたら、心の成長に悪影響を及ぼすだろう。

「奥さん、万が一信じてくれる人がいるとしたら、もっと恐いことになるよ。たぶん離島の研究所かなんかに送られて人体実験だよ。奥さんはそういうの、漫画で読んだことねえの?」

馬鹿馬鹿しくて返事をする気にもなれなかった。いったい夫は、この女のどこが好きなのだろう。若い女なら誰でもよかったのだろうか。

男は中年にもなると、若い女でありさえすれば、こんなにも下品で無教養な女でもいいと思うようになるものなのだろうか。自分の知らない夫の一面を想像し出すと、精神がまともに保てなくなる気がして、心の中にカーテンを下ろしてシャットアウトした。

窓を見上げると、日が傾いてきていた。

黙ったままコーヒーを飲んだ。


その後、一時間経っても、元の身体に戻る兆しはなかった。

「今日中には元に戻らないかもしれないわね」

グラスを見ると、薄まったコーヒーに角の取れた氷が浮かんでいる。

「奥さん、今日はもうあきらめて、二人で駅前のビジネスホテルにでも泊まろうよ」

「そうはいかないわ。主婦が突然ホテルに泊まるなんて、家族に説明がつかないもの」

「うちのお母さんなんて、しょっちゅう外泊してたけどね」

「お母さんが外泊？　どこに？」

「ラブホに決まってんじゃん」

「誰と？」

「そのときどきによっていろいろだよ」

どうやら悲惨な家庭で育ったらしい。世の中のルールというものがわかっていないのは、育ちのせいなのだろうか。

「お父さんは何も言わないの？」

「お父さんはあたしが三歳のときに死んだよ」

「兄弟は？」

「いない」

「じゃあ、お母さんが外泊した夜は、おばあちゃんがそばにいてくれたの？」

「誰もいないよ。小学生のときからひとりで留守番だよ」

そんな母親に育てられたら、道徳心のない人間になってしまうのも無理はないのかもしれない。

「時間がどんどん過ぎるわね。どうしたらいいのかしら。私が帰らなかったら、事故に巻き込まれたんじゃないかって、夫が心配すると思う。今までそんなこと一度だってなかったから」

「奥さんの実家の誰かが危篤ってことにすれば？」

「なるほど……それで急に帰省しなければならなくなった、と。でも、夫が私の実家に電話したらすぐにばれるし、そうなると実家の母にも心配をかけることになるわ」

「それもそうだね。子供たちも心配するだろうし」

子供たち……か。

夫の浮気を疑うようになってから、子供をほったらかしにしていた。常に心ここにあらずの状態だからか、この一ヶ月の間に、実花も真人も暗い表情をするようになっていた。それに気づきながらも、頭は夫の浮気のことでいっぱいで、子供たちを気遣ってやることができなかった。

そういえば、実花は家庭科でエプロンを縫っていたはずだ。あれはもうでき上がったのだろうか。不器用な子だから、自分が手伝ってやらなければ仕上げることはできないはずなのだが……。

真人は？　遠足の写真代は持たせたっけ？

上履きがそろそろ小さくなってきたのでは？

「奥さん、明日になっても元の姿に戻っていなかったらどうする？」

星見が初めて不安げな表情を晒した。「あたしは日給の派遣だから、一日でも休むと生活が苦しくなるんだ。悪いけど奥さん、代わりに出社してもらえないかな」

「えっ、私が？　だって私、あなたの仕事のことなんて何もわからないわよ」

「大丈夫だよ。だって奥さんは大学出てるってムギから聞いてるよ。すげえ教養ありそうじゃん」

「短大の幼児教育を出ただけよ」

「すごいじゃん。あたしの知り合いなんて高校中退ばっかだよ。その中では高卒のあたしが一番高学歴なんだから」

窓の外はもう真っ暗だった。時間もどんどん過ぎていく。

まだ洗濯物も取り込んでいない。明日はゴミの日だから、家中のゴミを集めて、有料のゴミ袋代を考えて効率よく詰め込まなければいけない。

夢なら早く覚めてほしい。

でも、もうさすがに……夢ではないらしい。

そのとき、メールの着信音が鳴った。夫からだった。

『今どこ？　子供たちも心配してるから連絡して。近くなら車で迎えに行くよ』

「早く帰らないとまずいわ。どうすればいいかしら」

菱子は言いながら、メールを星見に見せた。

「へえ、ムギって優しいダンナなんだね」

感心したように言う。嫉妬心など微塵もないように見える。

夢中なのは夫の方だけなのかもしれない。

『ＰＴＡの役員会が長引いています。もう少しで終わると思うけど』

送信ボタンを押したとき、おばあさんの最後の言葉を思い出した。

――相手の気持ちば芯までわかったら元に戻るけん。

相手の気持ちですって？

どうして妻が不倫相手の気持ちを理解しなければならないの？

こっちは被害者なのだ。何ひとつ悪いことなどしていない。それなのに、どうして加害者の気持ちを汲んでやらねばならないの？　そんな理不尽なことを言うなんて、あのおばあさんの神経も相当おかしい。

しかし、おばあさんの言葉が本当だとしたら、元に戻るまでに何日もかかることになる。カフェで時間を潰せばいいという程度ではない。

「やっぱり家に帰るしかないわね」

覚悟を決めた。

「奥さん、その姿で帰んの？　どっから見てもあたしじゃね？」

この身体で帰るわけではない。星見の外見のまま帰宅したりしたら、家庭がめちゃくちゃになる。

「ところで星見さん、あなた、料理は得意？」

「ええっと……作れるのはピザトーストとカレーだけ。この前は、ムギがカレーを褒めてくれたよ」

ひとこと余計なのだ。夫は舅に似て、無口なうえに口下手で、妻の料理を褒めたことなど一度もない。そんな夫が、星見の前では全く違う面を見せているのかと思うと、悲しくてたまらなくなる。

「あらそう。あの人は食べられれば何でも褒めるのかしら」

「それは言える。人参は硬いしルーはチョー少ないしで、すんげえまずかった」

星見は屈託のない笑顔を見せた。皮肉が通じないほど鈍感らしい。

もしかして夫は、こういった女に安らぎを感じるのでは？

自分のように家族を取り仕切るタイプは、夫を疲れさせていたのだろうか。しかしそうはいっても、自分が一生懸命やらないと家庭は成り立たない。いったい妻にどうしろというのだろう。

沈みかける気持ちをすくい上げるように、ぬるくなったグラスの水をごくりと飲んだ。

「あなたが私の家に帰るのよ」

もう選択の余地はない。

「マジ？　あたしが奥さんのふりしてムギの家へ？　家に帰ってから元の身体に戻ったらどうすんの？」

「そういう兆しが見えたら、トイレに行くふりをしてすぐに家を出てちょうだい。玄関の近くにトイレがあるからばれないわ。私も、すぐにそっちに向かうから」

「了解。じゃあバッグも交換しよう。奥さんがラメの派手派手バッグじゃ似合わないし、ムギがびっくりするよ」

星見はこの状況を楽しんでいるのではないだろうか。嬉しいのを悟られないように、わざと厳しい表情を作っているように思えるのだ。

こんな女に家の中に入られたくない。

キッチンだって本当なら指一本触れてほしくない。

「ケータイも交換しないとね」

星見は当然のように言うが、携帯電話を手放すのには抵抗があった。自分が自分である唯一の証拠を失くしてしまうようで心もとない。

「携帯だけは自分のを持っていたいわ。だってPTAから連絡があっても、あなたには内容がわからないでしょうし、函館の母からの電話にあなたが出るのも変でしょう?」

「だって、今の奥さんの声は、あたしの声なんだよ」

「あっ……」

「やっぱ全部交換だね」

テーブル越しに星見がバッグごと寄越す。

「あっさりしているのね。他人に見られたくないようなものは入ってないの?」

今度は遠慮なく星見のバッグを開けて、中を物色する。

「手帳にはプライベートも書いてあるけど、会社に行って仕事する分には必要だしね」

「これがあなたの名刺ね」

「うん、そう。あたしは派遣社員だけど、営業回りで必要だからって、いかにも正社員て感じの名刺を会社が作ってくれたんだよ」

——大東亜製粉株式会社　営業三課　山岸星見
「あれ?　星見というのは名字じゃなかったの?　変わった字を書くのね」

「たぶん、うちの母親はミといえばその字しか知らないんだよ。美しいっていう字は画数が多くて難しいだろ」

絶句した。

「星見さん、ひとつ約束してほしいことがあるの」

「何さ」

「なんて言えばいいのかしら……」

「はっきり言いなよ。この際、言いにくいことでも何でも言っといた方がいいよ。緊急事態なんだからさ」

「そうね。あのう……私の身体で……夫とアレしないでほしいのよ」

「あれって？」

「だから、アレよ」

「奥さん、まさかエッチのこと言ってんの？」

突然、星見は噴き出した。「バッカじゃねえの。やるわけねえじゃん」

屈辱で手が震えた。

――マジ？　こんなおばさんの身体で？　あー気持ちわりい。

きっと、そう言いたいのだろう。

見ると、まだ笑っている。

最高に感じの悪い笑い方だったが、なんせ自分の顔である。

ああいう笑い方は、金輪際よそうと心に誓った。

★

奥さんと駅で別れてから、ひとりで電車に乗った。

最寄りの駅で降り、奥さんが書いてくれた地図を見ながらムギのマンションへ向かう。

あー、あれかあ。

こじゃれた赤レンガじゃん。花壇もきれいに整備されてて、いかにも高級マンションって感じ。あー羨ましいぜ。あたしは一生、こういうところには住めないんだろうなあ。

十七階建ての九階。ドアの前に立つと、ガラにもなく緊張感が増してきた。

チャイムを押そうとして、慌てて手を引っ込める。あたしは客じゃなくて、この家の主婦なのだった。それにしてもあたしに主婦の役なんて務まるんだろうか。まっ、一日くらいなんとかなんだろ。

奥さんのバッグから鍵を取り出そうとしたとき、東都銀行の封筒があるのに気づいた。口から万札が覗いている。

取り出して数えてみた。げっ、三十万も。何か支払いの予定があったんじゃないだろうか。あとで奥さんにメールして聞いてみよう。

ドアを開けると、玉葱を炒めたような匂いがして食欲をそそった。

「ママのお帰りだよーん」

小さな声で言ったあと、廊下を進んだ。

廊下の壁に家族写真が飾ってある。奥へ行くに従って、子供が成長していく過程がわかるようになっているらしい。背景は満開の桜だったり、紅葉だったり、雪景色だったりといろいろだ。

廊下が終わりに近づく頃、一枚の写真の前で足を止めた。日付はつい最近だ。夫婦と子供二人、それに年寄りの男女の計六人が中華料理店の丸いテーブルを囲んでいる。テーブルの真ん中にデコレーションケーキがあるところを見ると、誰かの誕生日なのだろう。テレビドラマのワンシーンみたいだ。

あたしには……こういった写真が一枚もない。たぶん死ぬまで家族団らんとは縁がないんだろうな。

「遅かったじゃん、ママ」

女の子が廊下に顔を出した。たぶん中三の実花という子だ。想像していたのと違って、危うい感じのするガキだった。十代の頃のあたしに似た雰囲気がある。ムギみたいに、クソがつくくらい真面目なガキなんだろうと思っていたから意外だった。

リビングルームに入ると、その奥にカウンターキッチンがあって、ムギはこちらに背を向けて、フライパンで料理を作っていた。その横で、食器棚から皿を出そうと背伸びしている少年の後ろ姿が見える。小五の真人という子だろう。

「ママもお腹空いたでしょ」

少年は振り返って言った。桃みたいなピンクほっぺを除けば、奥さんに瓜二つだ。まだ小学生なのに、既に奥さんと同じ誠実そうな目をしている。

「残り物でチャーハン作ってみたけど、こんなのでいいかな？」

言いながらムギがこっちを見た。

「え？　ああ、サンキュー。わりぃわりぃ」

「ねえママ、こんな遅くまでＰＴＡだったの？　またもめたの？」

真人が尋ねる。

「えっと……うん、ちょっと……タコばっかでさぁ、マジやばかった」

「ママ、その言葉遣いは誰かの真似？」

真人が顔を覗き込んでくる。

やばい。言葉遣いに気をつけなきゃ。

「相川さんとかいうＰＴＡ会長が、またわけわかんないこと言い出したんだろ？」

ムギが言いながら胡椒を振りかける。ＰＴＡのことまで知っているということは、奥さんとコミュニケーションが取れているということだ。

そのとき、真人と目が合った。不思議そうな目であたしを見上げている。身体が入れ替わっていることがばれたとか？

まさかね。

一家の主婦なのに、夕飯の支度を手伝いもしないで、ぼうっと突っ立ってるのが変なのかもしれない。

何かしなくちゃ。

チャーハンだから……そうだ、テーブルにレンゲを並べよう。

大きな食器棚を見上げる。

箸やスプーンはだいたいこういった引出しに入ってるんじゃねえのか？　そう見当をつけて開けてみたけど、そこは輪ゴムとハンドクリームとラップが入っていた。

じゃあ隣か？　そう思って開けてみたら、そこには布巾が入っていた。

「ママ、何を探してるの？」

真人が訝しげな目を向ける。

気づけば、引出しを片っ端から全部開けてしまっていた。

「レンゲに決まってんじゃん」

あれ？　語尾が「じゃん」というのはどうなんだろう。普通かな？　いや、あの奥さんなら使わないかも。じゃあなんて言えばいいんだ？

「どうしちゃったんだよママ、レンゲはこっちだよ」

真人がほかの戸棚からレンゲを出してきた。

「もうすぐでき上がるよ。菱子、着替えてきたら？」

ムギが言ったので、慌ててうなずく。

だけど、着替えるって、どこで？

ああそうか、それはたぶん夫婦の寝室だ。奥さんが書いてくれた2LDK＋Sの間取り図を電車の中で頭に叩き込んでおいたから大丈夫。

リビングの隣のドアを開けると、和室の隅に古びたマットレスが立てかけてあるのが目に飛び込んできた。くたびれたウレタンが、ほころびた縫い目から顔を覗かせている。

さて、何に着替えればいいのだろう。整理ダンスを開けてみる。ムギや真人がTシャツとジャージだったことを思うと、自分もたぶんそういうのでいいんじゃね？

適当に着替えてからキッチンへ戻ると、ムギがサラダボウルの中身をかき混ぜていた。

ふと見ると、実花は夕飯の手伝いもせず、ケータイでメールを打っている。あたしが中学生の頃は、今思えば異様なほど濃いメイクをしていた。それに比べたら、実花は素朴な方だ。だけど、眉を整えてマスカラをつけているところなんかは、想像とは違った。あんな真面目そうな奥さんの娘なんだから、完全なスッピンだと思っていた。

メールを打つ実花の横顔がにやけてきた。きっと頭の中はカレシのことでいっぱいなのだ。あたしもそうだった。もっと勉強しておけばよかったと気づいたのは、働くようになってからだ。

ガキのくせに熟女みたいな含み笑いしやがって。

実花の横顔を見ているうち、過去のあたしと重なって暗い気持ちになってきた。あたしの視線に気づいたのか、実花が顔を上げた。

なんで慌てて目ぇ逸らすんだよ。そんなに後ろめたいメールなのかよ。母親に知られたら困るようなロクでもない内容なんだろ?

「ちょっと、実花たん、サラダがあるんだからフォークくらい出したらどうなのさ」

フォークの場所を探すのが面倒だったので、言ってみた。

実花はびっくりしたようにこっちを見てから、途端に笑顔になり、「はーい」と素直に従った。

あたしも、実花みたいにかわいらしい笑顔をお母さんに見せればよかった。そしたら、お母さんもあんなに苛々しなかったのかもしれない。

「お姉ちゃんのこと、実花たん、だってさ」

真人が言ってから噴き出した。

やばい。

奥さんは普段、子供たちのことをなんて呼んでるんだろう。聞いときゃよかった。呼び捨ての方がよかったのかな？　それともちゃんづけ？

奥さんと身体が入れ替わっていることがばれたんじゃないかと思って、急いでムギの横顔を盗み見てみたけど、穏やかに微笑んでいるから、大丈夫みたい。

「さあ、できたよ。みんな座って」

「いただきまーす」

「パパのチャーハン、大好き」

ほのぼのとした家族だ。こういう場に居合わせた経験がない。

家族揃ってご飯を食べる。湯気の向こうに子供たちの健康そうな食欲が見える。こういう家に生まれたかった。

ほんと羨ましいよ。

きっと自分にはこういう家庭は築けない。やっぱ、幸せな家に生まれ育った女じゃないとね。あんなひどい母親に育てられたからか、どうやって子供に接していいか、全然わかんねえもん。子供なんてウザイだけで、ちっとも可愛いと思えないし。

「ねえママ、家庭科のエプロン、明日までだからお願いね」

実花が拝むように顔の前で手を合わせた。

素直に母親に甘えられる実花が羨ましい。あたしは人に甘えるのが苦手だから、ちょっと嫉妬してしまう。

「宿題は自分でやってこそ意味があるんじゃないかしら」

うまくしゃべれた。

語尾が「かしら」というのは、なかなかいいんじゃないかな。今まで使ったことなかったけど、上品な感じがする。

「今日のママ、なんだか冷たいよ。私がミシン使えないこと知ってるくせに」

ばーか。あたしだって使えねえよ。

それどころか、中学時代に家庭科で何を習ったのかさえ憶えてねえし、自慢じゃないけど、宿題やったことなんか一回もないぜ。

「ミシンの使い方は、学校で習ったんじゃないのかしら」

「だって、学校のミシンと家のとは同じじゃないから……」

「学校のと同じ機種じゃないと縫えないんなら、居残りして仕上げてくればいいんじゃないかしら」

「そんなあ……一日でも提出が遅れると内申書に響くんだってばあ」

語尾の延びた甘え声が、あたしの何かを刺激した。

物心ついてから今まで、一度もそんな甘えた声を出したことがない。甘えさせてくれる人なんてひとりもいなかったから。

「ねえ、ママったらあ、聞いてんのお?」

チョーむかつく。

「うるせえなあ。自分のことは自分でやんな。あんた、もう中三なんだろ!」

三人が一斉に顔を上げてあたしを見た。

確かに今の言葉遣いはまずかった。それは自分でもわかっている。だけど、実花の甘えにはどうしても我慢できなかったのだ。

あたしが中三のときなんて……お母さんは男を作って家に帰ってこなくなった。テーブルの上に置かれた十五万円で半年暮らすのが、どんだけ苦しかったか……。同級生の遼太《りょうた》が万引きしてきてくれるカップ麺と菓子パンで飢えをしのいだ。

——お安いもんだよ。アンパン一個でやらせてもらえるなんて。

突然、遼太の言葉が脳裏に蘇った。やつも精いっぱい悪ぶってたけど、本当は弱くて、互いに寂しくてたまらなかった。あの日々を思い出すと、切なくて胸が苦しくなる。

「ママ、マジでエプロン縫ってくれないつもり? 内申書が悪くなっても知らないよ」

「内申書? そんなのあたしに何の関係があんの? あんたの人生はあんた自身が築くんだよ!」

ちょっと声が大きかったかも。

三人ともびっくりしたように目を見開いている。

奥さんの子育てはどうやら過保護みたいだから、こんな突き放した言い方はしないんだろうね。だけど、一家の大黒柱であるムギが何も言わないところを見ると、あたしと同じ意見なんじゃないかな。

だったら、いいんじゃね？

まっ、大黒柱の役割がどういったものなのかは、父親のいない家庭で育ったあたしにはわかんないけどね。

「菱子、今日、なんかあったのか？」

ムギが心配そうな表情で尋ねる。

「なんかって何？　別になんにもないけど」

「そうか……なら、いいけど」

そう答えながらも、ムギは釈然としないみたいだ。

「ママのポータブルミシン、どこにしまってあるんだっけ？」

実花が絶望的な顔をしてこっちを見る。

「え？　どこって……」

「自分で縫うから、ミシン出しといてよ、ママ」

マジで頭に来た。

「てめえが家中捜しまわればいいだろ。母親に聞けばなんでもかんでも魔法みたいに出てくると思ったら大間違いなんだよ。このクソ野郎が！」

真人がじっと見つめている。いくらなんでもまずかったかな。

でも、ミシンがどこにあるかわからないんだから仕方ねえじゃん。

◆

菱子は電車に乗り、星見のマンションへ向かっていた。

わざわざ地図など描いてくれなくてもよかったのだが、尾行したことがあるなんて彼女には絶対に悟られたくなかった。大人の女として、そして妻として、毅然とした態度でいたかった。だから、彼女が地図を描いてくれるのを黙って見ているしかなかった。

星見は今頃、夫や子供の待つマンションに帰り、一家団らんの中にいるのだろうか。夫だけでなく子供たちまで奪われてしまう気がして、いてもたってもいられない気持ちになる。

でも……どうしようもない。

だってもしも、星見の姿をした自分が帰宅していたらどうなった？

きっと夫は慌てふためいて、妻が帰宅する前に、なんとしてでも愛人を追い返そうと、嘘八百を並べ立てたに決まっている。そして不思議がる実花や真人にも、この女性は会社の部下で、仕事上の急用があって来ただけだ、とかなんとか必死で言い訳するのだ。そんなみっともない夫の姿を見てしまったら、心の底から軽蔑してしまうだろう。そしたら夫婦関係は二度と修復できなくなる。いや、今だってもう最悪だ。心の傷が癒える日が来るとは到底思えない。

星見の部屋は1DKだった。菱子が短大時代に住んでいたアパートに似ている。上京したばかりの頃は、その狭さに息が詰まりそうになったものだ。

洗面所を覗いてみると、まるでこれ見よがしに、ピンクとブルーの歯ブラシが一本ずつ置いてあった。

「ふーん、なるほどね」

誰もいない部屋で平気そうな声を出してみた。そうやって強がらないと、部屋中の物を片っ端からつかんで壁に投げつけてしまいそうだった。

「ほほう、妻の知らない隠れ家ってわけね」

キッチンに入り、腕組みをして食器棚を眺める。

男物の大ぶりのご飯茶碗……。

「ふんふん、まるでおままごとね」

俺たちもっと早く知り合えばよかったな、とかなんとか言ったりして？

まるで悲劇の主人公みたいに？

ひとり暮らしにしては大きめの冷蔵庫には、缶ビールが数本とバターが入っているだけ。野菜室を開けると、白くなったキャベツにしおれた葱。

「なによ、料理もまともに作れないくせに」

言いながら冷凍庫を開けてみると、肉や魚などがぎっしり詰まっていた。いろいろな種類の冷凍野菜も取り揃えてある。奥の方には立派なタラバ蟹まであった。

「なるほどそういうことね」

夫が急に来訪したときのために備えてあるのだろう。

カレーとピザトーストしか作れない？

嘘つき！

——今日は残業で遅くなるから夕飯はいらない。コンビニ弁当で済ませるよ。

夫がそう言うときの声は、いかにもつらそうだった。

嘘ばっかり。

夫の言葉を疑うことさえなかった、子供みたいな自分……。

菱子は、自分でも気づかないまま、夫がこの部屋に出入りしている形跡をひとつも見逃すまいと、目を皿のようにして探し回っていた。

隣の棚を開けてみると、ワイン、ブランデー、紹興酒に焼酎など、様々な酒が並んでいる。

「そりゃそうよね、そうでなきゃあ」

あの少ない小遣いで浮気なんかできるわけないもの。

学生ならともかく、四十二歳にもなったオジサンが、若い女に「カネがない」と言うのは、かっこ悪い。

中年のオジサンに恥をかかせたらかわいそうだから、お酒も食材もこうして買い揃えてあるというわけね。

で、そのご厚意に、夫は甘えていたわけだ。

なるほどなるほど。

すうっと血の気が引いていくような感覚が全身に走った。

嫉妬よりずっと深い感情……。

男や女である以前の、人としての何か……。

自分の心の中に、夫の品性を疑う気持ちが芽生えたとわかり、絶望的な気持ちになった。矮小な夫が嫌だった。妻である自分までが卑しい人間に成り下がった気がする。

品性というのが最後の砦だったのかもしれない。

「かっこ悪いのよ！」

大声で叫んでいた。

で、星見さん、あなたはそのお返しに、おもちゃみたいな腕時計をもらって、安くてもハートがこもってるんです、なんて高校生みたいなこと言って喜んでたわけ？

「あんたたち、みっともないわよ！」

どうせ不倫するなら、ホテルのスイートを予約してくれるくらいの、金持ちの不良中年と不倫したらどうなのよ。そういった男性と豪華な非日常を楽しめばいいじゃないの。どうしてうちの夫みたいな一介のサラリーマンと不倫するわけ？　なんで子供のいる家庭を壊してまで父親を奪おうとするのよ！

大声でわめいてしまいそうになったので、慌てて手で口を押さえた。このマンションは安普請《やすぶしん》のようだから、隣近所に声が漏れ聞こえるんじゃないだろうか。

深呼吸をしながら窓際に近づく。

小さなベランダに出て眼下を見下ろすと、下町といった風情の、マッチ箱のような小さな家やアパートが所狭しと建ち並んでいるのが見えた。ぽつぽつと灯る夕飯どきの家の明かりが温かい。

強烈にひとりぼっちだった。

遠くに目をやると、ビルの上に巨大なボウリングのピンが見える。

もっとずっと遠くには、霞んだ高層ビル群が聳《そび》え立っていた。

★

食事の後片づけを終えたとき、奥さんからメールがあった。

『真人の宿題は大丈夫？　ちゃんとやるように、ひと言声をかけてやってください』

まったくもう。過保護にもほどがある。

とはいっても、互いに相手の希望通りに行動することを約束したのだった。あたしがきちんと約束を守らないと、奥さんだって明日会社へ行ってくれないかもしれない。

そう考えたとき、どこからかミシンの音が大きく響いてきた。きっちりドアを閉めているのに、まるですぐ耳元でかけているみたいだ。

カウンターからリビングを覗いてみる。リビングといっても、ダイニングテーブルの隣にソファがひとつ置かれただけの小さな空間だ。ミシンの音でテレビの音がかき消されているのに、ムギは平気な顔でテレビを見ている。ふと見ると、耳にイヤホンが差し込まれていた。狭いマンションに親子四人で暮らすには、いろいろと工夫がいるらしい。

「さあて、風呂に入るか」

ムギがテレビを消して立ち上がった。

廊下へ出てみると、ミシンの音がさらに大きくなった。見ると、廊下の突き当たりに実花の後ろ姿があり、ポータブルミシンを載せた小さな台に向き合っている。

「ちょっと、実花たん、どうしてこんなとこでミシンかけてるのかしら」

リビングまで響いてうるさいのだから、自分の部屋でやればいいのだ。

「だって、ここでしかできないもん。ママだっていつもここでやってるじゃない」

「自分の部屋でやりゃあいいじゃん。あ、やればいいじゃありませんか」

言い直してしまった。言葉遣いを変えるのなんて簡単だと思っていたのに、どうもうまくいかない。だけど、真人と違って実花は、母親の言葉遣いなんてあんまり気にしていないようだから、それほど気にすることはないのかも。

「私の部屋のどこでやれって言うの？」

そう言いながら実花は立ち上がり、自分の部屋のドアを大きく開け放した。

四畳半の洋室は、ギターや釣竿やゴルフセットなどの、家族全員の荷物が所狭しと置かれていて、まるで物置みたいだった。実花自身が使えるのは部屋の三分の二ほどの空間だが、そこにもベッド、勉強机、本棚、電子ピアノ、洋服をかけるポールハンガーなんかがあって、めちゃくちゃ狭い。

あたしの育った3DKのオンボロ団地の方がずっと広く感じるよ。お母さんと二人だけだったし、家具も持ち物も少なかったしね。特にあたしが家を出てからの3DKは、お母さんひとりには広すぎるくらいだよ。ここは一見、高級マンションに見えたのに、中に入ってびっくりだ。

「見てるだけで息苦しくなる」

「今さら何よ、ママ」

「これじゃあ仕方ないね。ミシン、廊下で続けな。さい」

「やーめた。ミシンなんか使えるようになったって意味ないもん」

「それは言える」

そう答えると、実花はびっくりしたような顔であたしを見た。

「ママ……話、わかるじゃん。ていうか、どうしちゃったの？　私が家庭科の課題を提出できなくてもいいの？」

「は？　意味わかんない。そんなの実花たん自身の問題でしょう」

「なんだ、がっかり。私がギブアップしたら、ママが仕方ないわねとかなんとか言って、結局はやってくれると踏んでたのに、あーあ、作戦失敗」

そのとき、実花のケータイからメロディが流れてきた。

実花は、ケータイのディスプレイを見た途端、はにかんだような笑顔になった。

「もしもし……うん、わかった」

きっと彼氏からだ。どうせ長電話になるんだろう。そう思い、その場を離れようとしたとき、実花は「じゃあまた」と言って早々に電話を切った。

「ママ、ちょっとだけ外に出てくる」

「え？　こんな夜に？」

「そこのコンビニまでだよ。愛ちゃんに試験の範囲を教えてもらうだけ。ほら、この前も、すぐに帰ってきたでしょ。だから心配性のパパには黙っておいて」

ついさっき、ムギは風呂に入ったばかりだ。

なんだか嫌な予感がした。はにかんだ横顔を思うと、女友だちに会いに行くようには思えない。でも、実花がそんな見え透いた嘘をつくかな？　だって、あのしっかり者の奥さんなら、娘のボーイフレンドのことくらい把握してんだろ？

夜の外出を見逃していいものかどうか迷っているうちに、実花はそそくさと自分の部屋に入って行った。出かける用意をするみたいだ。

ミシンの上に、縫いかけのエプロンが放置されている。

すぐに実花は部屋から出てきた。

「じゃあママ、私行ってくるから」

浴室にいるムギに聞こえないようにするためか、実花は小さな声で言った。

ふと見ると、実花の唇がぬらぬらと光っていて、コロンの甘い香りがする。

——子供たちは真面目で普通の子よ。

奥さんはそう言ったけど、あたしにはかなり危うく見えるよ。

夜に実花をひとりで外へ出しても大丈夫かな。塾で帰りが遅くなるのとはわけが違うんだし……。いや、きっと大丈夫なんだろ。こんなちゃんとした家庭で育ったんだから、あの頃のあたしとは似ても似つかないはずだ。

気にするの、よそう。

実花が出かけたあと、真人の部屋をノックしてみた。

なんだか緊張する。実花と違って、真人は敏感なガキだ。言葉遣いには細心の注意を払った方が良さそうだ。

「なあに?」

のんびりした返事が聞こえてきた。

ドアを開けると、真人は勉強机に向かって本を読んでいた。机とベッドがあるだけなので、こちらの部屋の方が、実花の部屋より広く感じられる。もともと三畳しかないからか、本人の持ち物以外は置かないようにしているのだろう。それに、真人がまだおしゃれに目覚めていないせいか、ポールハンガーにかかっている洋服も少ない。

「真人くん、宿題は終わりましたでしょうか?」

「……まだ」

小さな声で答える。母親の方を見ない。

「本なんか読んでないで、先に宿題を済ませたらどうかしら」

「だって宿題は読書感想文だから……だから今、読んでるとこ」

「いつまでに出せばいいのかしら」

「……明日」

真人が手にしている本は分厚い。そのうえ、開いているページは、まだほんの出だしのところだ。

「その本が課題図書？」

「ううん、どんな本でもいいって先生言ってた」

「どう考えたって、今からその本読んでも間に合わないんじゃね？　かしら」

「やっぱり？　じゃあ、こっちの本にしようかな」

つぶやくように言いながら、ほかの本を手に取る。

「もうすぐ十時ですよ。そっちの薄い本でも徹夜になるんじゃないかしら」

「……うん。それよりママ、いつもと感じ違うね。言葉遣いも変わったし」

真人はそう言ってから大きなあくびをした。

この日は朝からサッカーの試合だったと奥さんから聞いている。疲れたんだろうね。すんげえ眠そうだよ。

「真人くんは、今までに読書感想文を書いたこと、ないのかしら？」

「えっ？　ママ、どうしちゃったの？　毎年書かされるじゃん。去年は夏目漱石の『坊っちゃん』にしたじゃない。忘れたの？」

そう言いながら、真人は机の引出しから原稿用紙を取り出して見せた。

――『坊っちゃん』を読んで。四年一組　小松原真人
「担任の先生は去年と同じだったかしら」

そう尋ねながら原稿用紙を手に取る。三枚と半分だ。最後の一枚には「よく書けています」と先生の朱書きと花丸がある。

「えっ？　ママ、本当にどうかしちゃったの？　四年のときの松木先生は第六小学校に移ったでしょう。ママだってお別れ会のときに……」

「なんだ、それを早く言いなよ。じゃあ、ここの『四年』を消して『五年』に書き換えれば済む話じゃないかしら」

「えっ？」

「先生の赤ペンのある最後の一枚だけ、新しい紙に書き写せばいいんじゃないかしら」

「ママ、本気で言ってる？」

真人は目を見開いてあたしを見上げた。何をそんなに驚いているんだろう。我ながらグッドアイデアだと思うのだが。

「ママ、本当にそんなことしていいの？」

「なんでいけないのかしら」

今度はあたしが真人に尋ねた。

「なんでって……だって、ママ……」

「担任が変わったんなら、ばれないじゃありませんか。人生には臨機応変てことも大切なのよ。あたしも子供の頃に、こういうことがわかっていたなら、もうちょっとうまく立ち回れたのに……非常に残念に思うわ」

「いいのかなあ、本当に」

言葉とは裏腹に、真人の頬は緩んでいる。「だけどママ、もしもクラスの誰かが気づいたら？」

「じっくり読み返してみたら去年とは違うことを感じたから、また書いてみたくなったって言えばいいんじゃないかしら。いい？　最後までシラを切り通すんですよ」

「うん、わかった」

これで明日は宿題を提出できる。

奥さん、ご要望通りに、あたしはちゃんとやったよ。

「ところで、実花たんが夜に外出することはよくあるの？」

「もしかして、お姉ちゃん、また出かけたの？」

真人の顔が曇った。

「愛ちゃんとコンビニで待ち合わせだって。試験の範囲を教えてもらうとか言って」

「そんなの電話かメールで済むことだよ」

「そう言われりゃそうだ。わね」

「それに……たぶん、相手は愛ちゃんじゃないと思う」

「やっぱりね。相手は男かしら。知ってることがあるんなら教えな。さい」

「だけど……お姉ちゃんが、誰にも言うなって」

「あんたから聞いたって言わないから安心してちょうだい」

「やっぱりだめだ」

そう言ったきり、真人は口を閉ざした。

頑固なやつ。ムギそっくりだね。

「はいはい、わかりました。じゃあ行ってみましょう」

「行く？　どこに？」

「コンビニまで案内しな。さい」

——死ぬほどプリンが食べたくなったので、子供たちとコンビニに行ってきます。

テーブルの上に、書き置きを残して家を出た。

奥さんのママチャリは、タイヤの空気もパンパンに入っているし、きちんと整備されていて乗りやすかった。

真人のマウンテンバイクを追いかけて角を曲がると、暗闇の中に煌々《こうこう》と光るコンビニが現われた。真人が黙ったまま駐車場の方を指差す。

実花が男の子と向き合って立っているのが見えた。

あーよかった。

相手が少年で。

中年のオヤジだったらどうしようかと心配したぜ。

あたしと真人は、自販機の陰に隠れた。

「かっこいい男の子だわ。同級生かしら」

「はあ？　ママ、何言ってんの。あれは三上《みかみ》先輩だよ」

「というと？」

「三上先輩はお姉ちゃんの彼氏だろ。今はもう高校生だけど、中学時代は部活でお姉ちゃんの先輩だった人だよ。なんだかママ、記憶喪失みたい」

「もちろん……知ってるわよ」

そのとき、実花はバッグから封筒のようなものを取り出し、三上先輩に差し出した。

途端に三上先輩は笑顔になる。

「ママ、あれはラブレターかな？」

「違う」

「何で違うってわかるの？　じゃあ、あの封筒には何が入ってるの？」

「カネに決まってんでしょう。実花のツラをごらんなさいよ。ラブレターならもっと嬉しいような恥ずかしいような、にやけたツラをするものですよ」

「ほんとだ。暗い顔してる。ママ、お姉ちゃんを助けた方がいいんじゃない？」

「おまえはどこまで素人なのかしら。裏で糸引いてるやつを見つけるまでは知らんふりしてるのが原則じゃないのかしら」

「ママって、いったい……」

そのとき、三上先輩が実花の肩をぽんと叩いた。それが合図だったかのように、実花は一礼してから踵を返した。家へ帰るようだ。

三上先輩は、実花の後ろ姿を見送ってから、自転車で帰って行った。

「まっ、とにかくプリン買って帰ろうぜ。遅くなるとパパが心配するわ」

真人とコンビニに入った。

家に帰ると、ムギは風呂上がりに牛乳を飲んでいた。

「菱子、俺の分のプリンも買ってきてくれたよな？」

書き置きのメモ用紙をひらひらさせながら尋ねる。

能天気なオヤジだ。

廊下の突き当たりを見ると、縫いかけのエプロンが出しっぱなしになったままだ。実花の部屋をノックした。

「どうぞ」

部屋に入ると、実花は鏡を見ていた。

「女にカネをせびるような男とつきあうんじゃありませんわよ」

いきなり言ってみると、実花は顔を強張らせた。

「そういう言い方やめてよ。事情も知らないくせに」

「事情？　嗤っちゃうね。中学生の女の子にカネを持って来させる男の事情って、いったい何？」

「友だちに借りたバイクをガードレールにぶつけちゃったらしいの。その修理代がどうしても足りないからって……」

「そんなの親に出してもらえばいいじゃありませんか」

「バイクに乗ること自体、親には秘密にしてるみたいなの」

「じゃあバイトして稼げばいいじゃんか。しら」

「先輩の家は厳しくて、アルバイトはさせてもらえないんだって」

「だから、中学生をカツアゲするわけ？」

「ママ、そういう言い方やめて。先輩に対して失礼だよ。お金は貸しただけだよ。必ず返すって言われてるもん」

「よく言うよ。今日で五回目でしょう?」

カマをかけてみた。

「違うよ、三回目だよ」

「今まで返してもらったこと一回でもあるのかしら」

「それは……まだ」

あーよかった。

ここで、とっくに返してもらったなんて言われたら、真偽不明だから何も言えなくなるところだった。実花は、咄嗟に嘘をつけるほど、悪に染まっているわけではないらしい。ちょっと安心。

あたしが罪悪感なしにお母さんに嘘をつくようになったときは、すでに恐い道に入りかけてたもんね。

「で、今日はいくら貸したのかしら」

「五千円」

「前回は?」

「一万円」

「その前は?」

「二万円」

「ずいぶん持ってるね」

「今日ので、お年玉がなくなった」

「また貸してほしいって言われたら、どうするつもり？」

「どうしよう……」

「どうしよう？　おまえは馬鹿かしら。何を迷う余地あんでしょうか。きっぱり断わりゃいいんじゃね？　かしら」

「だって、それじゃあ先輩がかわいそうだよ。先輩は困ってるんだよ」

「そういうのがきっかけで、盗みや売春を始めるものですよ」

「ママ、いくら何でも大げさだよ」

「そうかしら。そのうち三上先輩がやばい仕事を世話してくれるかもしれませんね」

「ママひどすぎるよ。何も知らないくせに。三上先輩はとっても優しい人なんだよ」

「例えば？　どういうふうに優しいの？」

「会うたびに勉強頑張れよって励ましてくれるもん」

「頑張れよのひと言が一万円かあ……そんな楽な商売があったら、あたしもやってみたいものですわ」

「最低！　ママなんて大嫌い！　部屋から出てって」

まだ夕食を取っていなかった。

夫の浮気に傷つき、その次には愛人と身体が入れ替わってしまい、凄まじいショックを受けたのだから、食欲が湧かなくて当然だ。

でも、無理してでも何か口に入れた方がいい。

星見の財布には三万円入っていた。菱子は、洗面所にあったブルーの歯ブラシをゴミ箱に投げ捨ててから、バッグをつかんでマンションを出た。

◆

延々と東西にのびる商店街を歩く。

どの店がいいかな。

女ひとりでも入りやすい雰囲気と清潔感のある店がいい。

八百屋に魚屋、その隣には仏具店、パチンコ屋、銀行、教会、呉服屋、肉屋、惣菜屋、洋服屋、喫茶店、ファストフード店……一生涯この街から出なくても暮らせるのではないかと思うほど、なんでも揃っている。

洒落たカフェを見つけ、フランスパンに生ハムとトマトを挟んだものを注文した。大きめのカップにたっぷり入ったミルクティーからいい香りが立ちのぼってくる。

星見と駅で別れてから既に二時間が経過していた。携帯電話をテーブルの上に置き、さっきから何度も目をやっているのだが、一向に鳴らない。実花や真人は、ちゃんと夕飯を食べさせてもらえたのだろうか。

気になって仕方がないので、こちらからメールを打つことにする。

『わからないことがあったら遠慮なくメールしてね』

あんな女になぜこんなに親切にしてやらねばならないのかと思うと腹が立つが、子供たちのことが心配だった。

返事はすぐに来た。

『全部うまくいってる。心配すんな』

そんなわけがないでしょう。

夕飯は何にしたの？

キッチンに立っても、どこに何があるかわからないだろうし、まごつくことばかりのはずだ。

いや、待てよ。今までも、ＰＴＡなどで帰りが遅くなるときは、夫が気を利かせて簡単なものを作っておいてくれることがあったから、今日もそうだったのかもしれない。で、お風呂の沸かし方はわかった？

ベランダの洗濯物は取り込んだ？

いや、それらもきっと夫がやってくれていたのだろう。

でも、実花のエプロン作りは？

真人の宿題は？

それに、明日は不燃ゴミの日なのよ。

心配でたまらないけど、うまくいっていると言いきられたら、それ以上どうしようもない。

落ち着かない気持ちで店を出た。

明日のPTAのことも気になっていた。星見は目立たないように座っていてくれるだろうか。会長の相川《あいかわ》さんはクセモノだから、目をつけられないようにしてほしいのだ。

PTAの会長なんか、誰だってなりたくない。誰しもパートに出ていて忙しいからだ。そんな中、三年連続で立候補してくれたのだから、みんな相川さんには感謝している。もしも立候補者がいなければ、くじ引きになる決まりだから、自分にいつお鉢が回ってくるかしれないからだ。

役員の中で、パートにさえ出ていない専業主婦は会長と副会長だけだ。二人は暇を持て余しているらしく、次々に行事計画を立てる。周りが迷惑しているのがわからないらしい。そのうえ、相当なワンマンで、反対意見を言って睨まれたら最後、面倒な仕事がどんどん回ってくるのだ。

相川さんは、いわば昭和時代の主婦だ。末っ子が小六だが、上には社会人の娘と大学生の息子がいる。五十歳を過ぎているはずだ。結婚や出産を機にＯＬを辞めて家庭に入るのが普通という時代の主婦だ。だから、感覚がずれている。そういう、時代遅れで暇を持て余している母親がＰＴＡの頂点に立つと、ろくなことがない。

帰りに本屋に立ち寄り、『田舎暮らし』と書かれた本を買った。自分の未来に何か可能性を見つけたくて、様々な生活を紹介した本を片っ端から読んでみたくなった。

ついさっきまでは、一刻も早く元の身体に戻ることを一心に願っていた。しかし、カフェで熱いミルクティーを飲みながら落ち着いて考えてみると、元の身体に戻れたところで、どうやって生きていけばいいのかがわからなくなっていることに気がついた。

夫の裏切りを許せそうにない。

けれど、離婚して子供を養っていく経済力もない。

八方塞がりだ。

とぼとぼと夜道を歩いて部屋に戻ったとき、メールの着信音が鳴った。

案の定、星見からだった。当たり前だ。あんな女に主婦の役割がそうそう簡単に務まってたまるものか。教えを乞いたいことが山のようにあるはずだ。

『明日の朝になっても身体が元に戻っていなかったら、あたしの代わりに会社へ行ってくれるよね？　服は、部屋の隅のハンガーにかかってるやつ。本社ビル八階の、エレベーターを降りた目の前が営業部。席は左から二列目で、机にブタの縫いぐるみが置いてあるからすぐにわかるよ。じゃあヨロピコ』

その縫いぐるみとやらも、もしかして夫からのプレゼント？

それになんなの、この偉そうな物言いは。それが人にものを頼む態度ですか？

何もかも嫌になってきた。

とにかくシャワーを浴びよう。

菱子は浴室に行き、服を脱いだ。星見の身体をまじまじと見つめる。前から斜めから後ろからと、次々に鏡に映し出す。この身体を夫はいとおしんだのだろうか。想像したくないのに勝手に映像が浮かんできてしまう。

再び口惜しさやら惨めさやらが突き上げてきた。

――妻は必ず夫の浮気に気づくものです。

それが常識であるかのようにワイドショーでも言っていた。だから、今まで夫の浮気に一度も気づいていないということは、つまり、夫は結婚以来一度も浮気をしていないということなのだと、頭から信じて疑わなかった。

人にはいろいろな顔があるのだとあらためて思う。意識はしていなくても、この自分だって、夫に向ける顔、子供に向ける顔、実家の母に向ける顔、パート先での顔、舅姑に向ける顔……それぞれが、別人格とまでは言わないが、異なることは確かだ。

夫はこの部屋ではどういう顔をしていたのだろう。自分の知らない夫の顔があるのだろうか。妻にばれないようにと工夫を重ねた日々は、スリルに満ちたものだったのか。

そのとき、携帯電話が鳴った。

ディスプレイに〈お母さん〉と出ている。星見の母親だろうか。もう十二時近い。函館の母ならとっくに寝ている時刻だ。電話に出たくはなかったが、出ないと心配するかもしれない。母親というものは、いつも子供の心配ばかりしているものだからだ。

いや、そうじゃない。星見の話が本当なら、ろくでもない母親なのだ。幼い子供を家にひとり残して、朝まで帰って来ないような女だ。だから星見があんな人間に育ってしまったのだ。

つまり、夫が不倫した原因を辿れば、この母親のだらしなさも無関係とは言えないのではないだろうか。

「もしもし……」

――もしもし、私だよ。

「お母さん、ですか?」

――あれま、ずいぶんと他人行儀じゃないか。やだねえ、今回はちょっとだけでいいのにさ。

「は? ちょっとだけとは? 何がですか?」

──あー嫌だ。相変わらず根性捻じ曲がってやがる。星見には思いやりってものがないのかい？

「なんのことですか？」

──これで最後にするからさ、二万でいいよ。

「ニマン、とは？」

──二万円だよ、二万円。電気もガスも止められそうなんだよ。

「え？　それは……大変」

光熱費も払えないような暮らしをしているらしい。

何歳くらいなのだろう。声からすると、それほど歳には思えないが、星見が二十歳だから……四十半ばから五十代後半くらいの間？

昨今は不景気で、四十代以降は、パート仕事を見つけるのさえ難しいと聞いている。

「わかりました。用意しておきます」

──ほんと？　助かるよ。じゃあよろしくね。バイバイ。

電話が切れた。娘の近況など尋ねる気もないらしい。

ベッドに入り、電気を消してしばらくすると、どこからかカサコソと音が聞こえてきた。びっくりして飛び起きる。

ゴキブリ？

いや、それにしては激しい音だし、音は絶え間なく続いている。

電気を点けて音のする方を見た。部屋の隅に布で覆われた四角いものがある。恐る恐る布を持ち上げてみると、ケージの中でハムスターが一心不乱に回し車を走っていた。

「聞いてないわよ」

女のひとり暮らしに、ハムスターか……。

星見の孤独を見た気がした。

給水器の水が少なくなっている。

水を足してやろう。ケージに手を入れると、ハムスターはふと足を止めた。ちらっとこちらを見たが、敵ではないと判断したのか、また一心不乱に走り始めた。

第三章　もう元に戻れないかもしれない

◆

翌朝、菱子は大東亜製粉本社の最寄駅で降りた。

星見のマンションを出てからというもの、Uターンして帰ってしまいたい気持ちとずっと闘っている。

だって、会社へ行けば夫がいる。そしてそこにはきっと、不倫の片鱗がごろごろと転がっていて、否応なく目に飛び込んでくるに違いない。そのうえ、若い女性社員が醸し出す華やかな雰囲気の中で、自分は気後れし、もう若くないことを再認識させられるに決まっている。

つまり、傷口に塩をすり込むようなものだ。

そこまでして出社する必要がある？

何度目かの自問自答に、菱子は歩道の真ん中で立ち止まった。

会社を休んだことで、あとで星見が困ったとしても、知ったことではない。

そもそも、夫の不倫相手になぜ妻が協力しなければならないわけ？

もう帰ってしまおうか。

でも……互いの希望通りに行動することを星見と約束したのだった。そしてそれを言い出したのは自分の方だ。約束を破ったことがばれたら、星見は子供たちの学校関係のことで手抜きをするかもしれない。

だから、やっぱり、仕方がない。

菱子はまた歩き出した。

しばらく行くと、本社ビルが見えてきた。

夫が勤めている会社とはいえ、結婚前に一度見に来たきりだった。

考えてみれば不思議なことだ。夫が毎日通っている会社、定年まで四十年近くも通う会社、つまり、人生の何分の一かの膨大な時間を過ごす場所だというのに、妻の自分は建物の外観を十五年以上前に一回眺めただけだ。

函館にある実家の電器店では、菱子の両親は四六時中、顔を突き合わせて働いていた。そんな生活に比べたら、サラリーマン家庭の場合は、妻が夫のことを理解していなくても仕方のないことかもしれない。

エレベーターで八階まで行き、尻込みしたくなる気持ちを振り切り、思い切って営業部のドアを開けた。

始業時刻までにまだ時間があるからか、室内はガランとしている。

星見の机はすぐにわかった。縫いぐるみが、想像していたのより大きくて目立っていたからだ。

向かいの席の女性も、出社したばかりなのか、机の引出しからパソコンを出したところだった。

「おはようございます」

菱子は挨拶をしながら席に着いた。

女性が挨拶を返さないので、不思議に思って顔を上げた。目が合ってもなお、女性は何も言わずにじっとこちらを見つめている。

「あのう……おはようございます」

気詰まりだったので、もう一度言ってみる。

「まるで別人ね」

向かいの女性が、腕組みをして真正面からこちらを見つめてくる。

「えっ、別人、ですか？　それはたぶん……服装がいつもと違うからだと思います」

言いながら、菱子は、机の下で星見が書いてくれたメモを慌てて広げた。

――お向かいさんは吉田茉莉子《よしだまりこ》、正社員。独身。三十六歳くらいかな？　茉莉子先輩と呼ばれてる。

星見から指示された、黒のパンツに黒のチュニックは却下した。パンツは動きにくいほど細身だったたし、チュニックはこれでもかというくらい派手なビーズがたくさんちりばめられていたから好みではなかった。それに、なんといっても今日は絶対に目立ちたくない。誰の目にも留まりたくない。だから、クローゼットの中から平凡なグレーのパンツスーツを見つけたときはほっとした。

しかし、早速別人などと言われたところを見ると、逆効果だったのだろうか。

「あらほんとだ。山岸さん、今日はいつもと全然雰囲気が違うわ」

そう言って、茉莉子先輩の隣に愛くるしい顔立ちの女性が座った。

この女性は、星見メモによると……。

――清水香織《しみずかおり》、二十五歳。派遣社員。香織ちゃんと呼ばれている。

茉莉子先輩は茶系のアンサンブルで香織は黒のパンツスーツだ。だから、今日の自分の服装は、この職場に溶け込んでいると思う。ということはつまり、今までの星見の格好は、職場の雰囲気からかなり浮いていたということだ。

「今日はちゃんとした人に見えるわよ」

茉莉子先輩が、いたずらっぽい笑顔を向けた。

「ちゃんとした人、ですか?」

まともな人間には見られていなかったということか。そんな女に、夫はなぜ惹かれたのだ。夫の馬鹿さ加減が情けなくなる。

「おはようございます」

颯を切って入って来た青年が隣に座った。

二十代前半だろうか。やんちゃな少年がそのまま大人になったような顔つき……。

あれ？

どこかで見たことがある。

あれは確か、夫を尾行して星見のマンションを突き止めた日だ。夫と星見がスーパーでの買い物のあと、肩を並べてマンションへ帰ろうとしていたときに、背後から声をかけた青年だ。そしてそのまま星見のマンションへ入っていったのではなかったか。

あのときの彼が、同じ会社に勤めているなんて思いもしなかった。

「おはようございます」

男性に向かって、軽く頭を下げてから、机の下で星見メモを急いで広げる。

──隣の席は石黒《いしぐろ》靖《やすし》、二十六歳。派遣社員。

「ございます？　ずいぶん丁寧だね。山岸さん、今日はどうしたの？」

男性が顔を覗き込んでくる。

何かまずいことを言っただろうか。

「どう、と言われましても……」

「いつも俺のこと、おまえ呼ばわりしてるくせに」

親しみを込めた目で笑いかけてくる。

「えっ、またご冗談を」

男性の顔から笑みが少しずつ消えていくところをみると、冗談ではなかったようだ。ということは……。

「まさか山岸星見は、会社でもガラが悪いままなんでしょうか？」

尋ねてみると、男性は一瞬の間を置いてから、いきなり噴き出した。

「やっぱり山岸さんて本当は面白い人だったんだね。そうじゃないかと薄々気づいてはいたんだけど」

始業時刻が近づくにつれ、だんだんと席が埋まってきた。

周りを見渡してみると、石黒以外にも、星見と年齢的に釣り合いそうな若い男性社員がたくさんいる。細身のスーツをかっこよく着こなしている今どきの青年だって多い。こんな環境にいながら、星見はどうして妻子持ちの夫なんかとつきあおうと思ったのだろう。

始業チャイムと同時に、ドアから夫が入ってくるのが見えた。課長職の机はどれも、窓を背にして部下の方に向いている。じっと見ていると、夫がふと顔を上げた。

目が合った。

夫はかすかに口許を緩め、目に力を入れて合図を送ってきた。

ふざけないで！

会社に来てこんな楽しみがあったとは知らなかった。

課長職といえば、上司と部下の板ばさみにあって、嫌なことばかり多くて、責任も重くて、過労死するほど忙しくて……とにもかくにも夫は大変な思いをして家族のために働いていると思っていた。

怒りで指先が震える。

このままでは腹の虫が治まらない。

そうだ！　身体が入れ替わっている間に夫を手ひどくふってやるのはどうだろう。人生をめちゃくちゃにされたのだから、それくらいの仕返しをして何が悪い？

いや、待てよ。そんなことをしたら、夫は後々まで未練を引きずるのではないだろうか。それはそれでもっと悲しくなる。

様々な思いを巡らせていると、夫がこちらを見ながら近づいてきた。いつの間にか、胸に大東亜製粉と書かれた青いジャケットを羽織っている。

「そろそろ営業に出るぞ」

夫の声と同時に、隣の席の石黒青年がさっと立ち上がり、スーツの上着を脱いで、夫とお揃いのジャケットに袖を通した。

「今日も頑張ってね！」

激励しながら茉莉子先輩がこちらを見た。

どうやら自分も立ち上がるべきらしい。

「課長、今日はどちらに？」

茉莉子先輩が夫に尋ねる。

「スーパーマルトクと、ピッツァミラノだ。出かけている間に、ファミレスから注文の電話があるかもしれないから、そのときは工場への発注よろしく」

「承知いたしました。行ってらっしゃいませ」

「ほら、早く支度しろよ」

いきなり夫が命令口調でこちらを見た。見ると、眉間に皺を寄せている。厳しい態度を周りに見せることで、不倫がばれないように配慮しているのだろうか。これほど悪知恵の働く男だったとは知らなかった。

「すみません」

そう言いながら、椅子の背にかけてあった揃いのジャケットを手に取った。

地下の駐車場で、夫は会社のロゴマークの入った軽自動車の運転席に乗り込んだ。次に石黒がさっと助手席に座ったので、自分は慌てて後部座席に乗る。

スーパーマルトクに着いたとき、開店前の入口には、すでに客が一列に並んでいた。今朝の新聞チラシに、目玉商品が掲載されたのだろう。

夫や石黒とともに、店の裏手にある従業員通用口から店の中に入ると、何人もの店員が忙しく品出しをしているところだった。

夫は勝手に店内を歩き回り、ある棚の前で足を止めた。

「あんなに頼み込んだのに、またここかよ」

目立たない奥の棚に、大東亜製粉のレトルトのパスタソースが、ひっそりと置かれていた。うっすらと埃をかぶっているのを、夫は手の甲で拭いた。

「あそこに店長がいますよ」

石黒が指をさした途端に、夫は広い店内を走り始めた。石黒が素早く夫を追いかけるので、自分も仕方なく石黒のあとに続く。

「店長、おはようございます。今日はまたいいお天気ですね」

夫が満面の笑みを浮かべながら、直立不動の姿勢から頭を深く下げた。

その姿は衝撃的だった。思わずその場に立ち尽くしてしまったほどだ。

日頃無愛想な夫が、どうやって営業職をこなしているのだろうかと考えたことは、今までにも何度かあるが、具体的な姿を思い浮かべることはできなかった。テレビドラマで見るような、みっともないほど腰を低くして営業スマイルを浮かべるサラリーマンと、夫の姿がどうしても重ならなかった。だから、あれらのテレビドラマは、昔ながらのやり方を大げさに演出したもので、最近はもっとドライなのだろうと思っていた。そうでなければ、夫に営業職が務まるわけがない。つまり、今どきは価格と商品さえ良ければ、堂々としていても営業職はやっていけると、勝手に想像していた。

しかし、今目の前にいるのは、愛想笑いなど朝飯前だと言わんばかりの手馴れた営業職然とした夫だった。まるで自分の知らない人のようだ。

「いやあ、店長はやり手ですなあ。まだ開店時刻まで二十分もあるっていうのに、店の前は長蛇の列じゃないですか」

「新聞にチラシを入れた日はいつもこうだよ」

そう言いながら、店長と呼ばれた男は大手メーカーのパスタを棚に並べている。

「ご謙遜を。チラシくらいで、毎回これほど長蛇の列ができるスーパーなんて、そうそうありません。やっぱり店長はお客様の心理を読むのに長《た》けているんですよ」

「そうかなあ」

店長は照れたように笑う。

「ああ、そこそこ、そこにうちのパスタソースを並べてもらえませんか。ひとつ、お願いします」

夫は何度も頭を下げる。これでは腰痛が治るはずもない。

「悪いね。この陳列棚は特等席なんだよ。ここにはこれと決まってるんだ」

「そこをなんとかお願いします。こいつにもチャンスを与えてやってください」

夫は言いながら、奥の棚から勝手に持って来た自社製品を、いとおしむように撫でる。

「大東亜さん、お宅、テレビでコマーシャルしてる?」

「いや、テレビはまだ……」

「コマーシャルする予定あるの？」

「いえ、今のところは……」

大東亜製粉には、テレビ番組のスポンサーになる資金力はないと、夫は晩酌をするたびに嘆いている。

「マイナーなものは、ここには置けないんだよ。悪く思わないでね」

「お言葉ですが店長、うちのはレンジでチンできるんです。この辺りはひとり暮らしが多いですよね？　きっと売れますよ。店長、この通りです。一週間だけでもいいですから試してみてください」

夫が拝むように手を合わせる。

「うーん、レンジでチンできても、お宅の商品はそもそも……」

店長が言いかけたとき、背後から、「店長、おはようございます」と、元気のいい声がした。振り返ると、すらりとした男性が二人立っていた。

「うちのビールをチラシのトップにしてくださって、本当にありがとうございます」

どうやら酒造メーカーの営業回りのようだ。二人とも上質なスーツを着ていて、なかなかのイケメンだ。

「店長、これ、つまらないものですが」

ひとりが恭しく両手で小さな封筒を差し出す。

いつの間にか、店長の眉間から皺が消えている。

「中身は何かな？」

店長は封筒に目をやるが、手は出そうとしない。「賄賂《わいろ》をもらっているなんて噂が流れたらコレだからね」

そう言いながら、店長は自分の首に手刀を当てた。

「そんなたいしたものじゃないですよ。知り合いからタダで譲ってもらった余り物のチケットです」

酒造メーカーの営業は、苦笑して見せた。

「そうか……」

店長は、やっと封筒を受け取り、中を覗く。

「これは……フィギュアスケートのアイスショーじゃないか」

店長は更に声を落とした。

「ご家族でいかがかと思いまして」

「おっと、S席？　三枚も？　娘が喜ぶよ。ありがとう」

「お役に立ててよかったです。お嬢様がフィギュアスケートのファンだと伺っていたものですから。それじゃあまた」

二人は来たときと同じように、並んでお辞儀をしてから帰って行った。

それじゃあまた、か……。あっさりしている。

チケットと引き換えに、うちのビールを今後ともよろしく、などと贔屓《ひいき》にしてくれることを暗に仄《ほの》めかすことさえしない。爽やかな笑顔の余韻だけが残る。

しかし、満面の笑みをたたえていると思ったのに、店長は奥歯を嚙み締めた厳しい表情のままチケットを見つめていた。なぜだろう。本当は嬉しくないのだろうか。

「店長、おはようございます」

ガラガラ声に振り返ると、今度は洋菓子メーカーのロゴの入ったジャンパーを着た中年男性がひとり立っていた。

「またあんたか」

店長は露骨に嫌な顔をした。

「うちの商品、最前列にお願いします。おいしいんですよ」

「お宅の商品ね、全然人気ないんだよ」

次の瞬間、洋菓子メーカーの男性は、いきなり土下座した。

「今日だけ、今日だけなんとか、この場所にお願いします」

その場にいた全員があっけに取られて男性を見下ろした。

「おいおい、またかよ、やめてくれよ、みんな見てるじゃないか。迷惑なんだよ」

店長は男性の腕を引っ張って立ち上がらせた。「わかった、わかった。今日だけはこの端っこに置いてやるよ」

店長は溜息まじりに言った。

店長の言葉を聞いて、男性はすぐに自社製品を特等席の隅に並べ始めた。

「言っとくけど、ここに置いてやるのは午前中だけだぜ」

「店長、このご恩は一生忘れません」

「あんたにとって、一生忘れちゃいけない恩は、いったいいくつあるんだ？　もう数えきれないんじゃないの？　よそのスーパーでも土下座してんだろうからさ」

皮肉を言われても、男性はへらへらと愛想笑いをしたまま帰って行った。

「我々も引き上げます。どうもお邪魔しました。また来週来させて頂きますので」

夫が頭を下げる。

「あのね大東亜さん、何度来たって同じだよ」

洋菓子メーカーの男性が土下座してから、店長は機嫌が悪くなったようだった。

「店長、そんな冷たいこと……」

「はっきり言わせてもらうとね、お宅の商品は味が悪いんだ。おいしくないんだよ」

夫が、はっと息を吞み込んだ。

「それは、お客様からのお声ですか？」

「うちの家内の意見だよ」

「そうですか……店長の奥様のお口に合いませんか……」

「トマトの酸味は強すぎるし、味も濃すぎる。女房なんて食べやしないよ」

同感だった。菱子も、大東亜製粉のパスタソースを使ってみたことは何度かある。年に一度の在庫整理のときに、夫が社員割引で買ってくるからだが、口に合うものはひとつもなかった。夫には内緒だが、実花や真人に至ってはひと口食べただけで残してしまう。こんな味つけで、よくも今日まで会社が倒産せずに、もっていると思う。ここ数年、徐々に減っていくボーナス明細の額を見るたびに、不景気以前の問題ではないかと腹立たしく思っていた。

「確かに」

知らないうちに、菱子の口をついて出てしまっていた。

その途端、店長は噴き出した。

「お宅、本当にしょうがない会社だなあ。会社の女の子が自社製品をまずいって言うようじゃあだめだろ。もっとおいしいもの持ってきてよ。そしたら特等席に置いてやるからさ」

「本当ですか」

夫が乗り出す。

「だって、あんた仕事熱心だしマメだし、ほんと感心してるんだよ」

「でも、気の利いたチケット一枚持って来れなくて……」

「こんなもの持って来る必要ないんだよ」

「だけど、お嬢さんがフィギュアスケートの……」

「あの酒造メーカーのやつらときたら、本当は俺のこと見下してるのさ。エリート面しやがって」

店長は吐き捨てるように言った。

「あそこは一部上場企業ですからね。うちみたいな零細とは雰囲気からして違いますしね。いや羨ましいですよ」

夫が言うと、店長は何度も深くうなずいた。

「お宅は何も持って来なくていいんだよ。誠意だけで十分なんだ。最近はあんたみたいな人が少なくなったよ」

そう言いながら、店長は石黒と菱子の方へ視線を向けて続けた。「あんたたちも、こういう男が上司で幸せもんだよ」

店長は、石黒と菱子の肩に手をかけた。「君たち二人とも苦労して育ってきたようだから、やっと幸運が巡ってきたんじゃないかな」

この店長は、どうやら石黒と星見の家庭の事情まで知っているらしい。店長の目は温かかった。

「じゃあ、頑張れよ」

店長はくるっと背中を向けて、青果売り場の方へ去って行った。

夫と石黒が、店長の背中に頭を下げる。

「よし、次の店、行くぞ」

夫の言葉で駐車場に戻ると、運転席に座った夫は真剣な横顔を見せて、手帳に何やら書き込み始めた。ついさっきまでの営業スマイルは片鱗もない。

「あのチケットは、自腹なんですかねえ」

石黒が問う。

「あの会社は景気よさそうだから、接待費で落とせるんじゃないかな。それに比べてうちの会社なんて、びた一文出してくれないもんなあ」

「うちもああいうことができれば楽なのに……」

石黒が溜息をつく。

「でも、チラシのトップに載せたという割には、商品は隅っこに置かれてましたよ」

「鋭いな、山岸。あいつら二人とも若造のくせにイタリア製のスーツをビシッと着込んで、幹部候補生というのが見え見えだろ。数ヶ月後には本社に戻ってデスクワークだよ。要は、彼らにとって、営業なんて社会見学みたいなもんなんだ。店長よりずっと高給取りで将来性もあるしな」

「なるほど、だからチケットもらっても今ひとつ表情が冴えなかったんですね」と石黒。

「営業っていうのはな、相手の劣等感を刺激したら終わりなんだよ。そんな基本的なこともわかってないんだ、あのビール野郎ども」

「深いですね、課長」

石黒が感心したように言う。「しかし、洋菓子メーカーのあの男、土下座までするなんて……あの男には、プライドってものがないんでしょうかね。普通はあそこまでできませんよね」

「あんなの朝飯前だよ。土下座なんて簡単さ。石黒くんも結婚したらわかるよ」

言いながら、助手席の石黒の肩をぽんと叩く。

「妻子のためには、火の中、水の中ってことですか？」

「まっ、簡単に言えばそういうこと」

星見に聞こえているとわかっていて、そんな台詞《せりふ》を吐ける神経が信じられなかった。

もしかして、星見の嫉妬心を煽って楽しんでいるとか？

女の心理まで計算するような狡猾な男だったの？

——君を好きになってしまった。だけど僕には家庭がある。いったい僕はどうすればいいんだ。

とかなんとか言って苦悩してみせる。

若い女は、家庭第一と言いきる男の誠実さに惹かれ、既によその女のものになってしまった男だからこそ、一層の切なさに酔いしれるという筋書きだ。そんな自己陶酔型の下手くそな演技にコロッと騙される馬鹿女？

悲劇だと思っているのは当事者だけで、妻から見れば、とんだ茶番だ。障害があるほど燃えるというだけのことじゃないの。

全く馬鹿馬鹿しい。

夫という人間が、ますますわからなくなってくる。

「じゃあ、どうして課長はあの男性みたいに土下座しなかったんですか」

石黒がなおも問う。

「考えてもみろよ。簡単に土下座するような人間に好感を持つ人間がいるか？　店長は心底、あの男を軽蔑してるよ。確かに今日の午前中は特等席に置いてもらえたかもしれないけど、長い目で見たらマイナスだ」

「なるほど、さすが課長、読みが深いですね」

石黒がまたもや感心したようにうなずいた。

夫がこれほど頭が回る男だったなんて、知らなかった。

「小松原くん、ちょっと」

会社に戻ると、夫は早速呼びつけられた。

仁王立ちになって夫を睨みつけていたのは、若い男性だった。まだ三十歳にもならないのではないだろうか。

「あの人は誰？」

自分の席に着いてから、隣の石黒に尋ねた。

「は？　誰って、あの人は営業部の久米《くめ》部長だろ」

「部長？　本当？　あんなに若いのに？」

年功序列が崩れて実力主義になったとは聞いていたが、これほどまでとは思っていなかった。

「山岸さん、今日はいつもと雰囲気が違うだけじゃなくて、記憶喪失になっちゃってるとか？」

石黒がからかうように言う。

「すみませんじゃすまないだろ！」

そのとき、部長の怒鳴る声が部屋中に響いたが、驚いて顔を上げたのは自分だけだった。周りの社員たちは、まるで聞こえないみたいに平然と仕事を続けている。

「大変申し訳ありませんでした。以降気をつけます」

夫は部長席の前でうなだれた。

「何があったんですか？」

向かいの茉莉子先輩に小声で尋ねてみた。

「いつものことよ。報告書の体裁が気に入らないらしいわ」

茉莉子先輩が答えると同時に、香織が「すみません、あの報告書は私が清書したんです」と泣きそうな顔で言う。

どうやら夫は、部下である香織の失敗を責められているらしい。

「いつも君はこうじゃないか。これで何度目だと思ってるんだ！」

その言葉で、香織も深くうなだれる。

そのとき、昼休みを告げるチャイムが鳴った。

「星見ちゃんも、ランチ、行く？」

いつの間にか、〈山岸さん〉から〈星見ちゃん〉に、呼び方が変わっている。

「はい、連れてってください」

昼はいつも一緒に食べに行っているのだろう。

部屋を出るとき、振り返ってみると、夫はまだ部長に叱られていた。香織が申し訳なさそうに夫に向かって一礼するが、夫は頭を下げ続けているから、香織には気づかない。

「大丈夫よ、香織ちゃん。あの部長は粘着質で有名だもん。やあね、社長の甥っこといいうだけで、いきなり部長昇進だもんね」

そういうことだったのか……。

――同族会社というのは働きづらいよ。

夫がよくこぼしていた理由を、今日初めて知った。夫婦でありながら、夫の置かれた立場を全く知らずに過ごしてきた自分が情けなかった。


「茉莉子先輩、席、空いてますよ」

香織が嬉しそうに言う。

「今日はラッキーね。星見ちゃん、このお店はね、先月開店したばかりなんだけど、評判がよくて、ランチタイムはいつも満杯で、滅多に入れないのよ」

なぜわざわざ説明するのだろう。昼はいつも一緒というわけではないのだろうか？

それとも……人格が入れ替わっていることを知っているとか？

まさか。

店員に案内され、窓際の丸テーブルを囲んで座る。

「ところで香織ちゃん、年末の旅行計画はどうなった？」

「モンサンミッシェルを見に行ってから、イタリアに寄って革製品を買う予定です」

「いいなあ、香織の彼、すごく優しそうな人なのよ」

茉莉子先輩がこっちを見て言うということは、星見は香織の彼には会ったことがないらしい。

「へえ、そうなんですか」

「香織ちゃんは、彼のご両親にはもう会ったの？」

「もう何度も。私は中学のときに母を亡くしているので、彼のお母さんに料理を教えてもらってるんです」

「ということは、親公認の仲だから、結婚、そろそろなんじゃない？」

「実は……ここだけの話ですけど、プロポーズされたんです」

「あらあ、おめでとう、香織ちゃん」

そのとき、〈本日のランチ〉のオムライスが三つ運ばれて来た。ドミグラスソースの香りが食欲をそそったせいか、ふと会話が途切れた。

この際、思い切って聞いてみようかな。変に思われるかもしれないけれど。

「あのう……営業部は殺伐とした雰囲気ですけど、いつも、あんな感じですか？」

「以前はあんなじゃなかったわ」

「社長が代わるまでは和気藹々《わきあいあい》としてましたよね」

茉莉子先輩と香織の話を総合すると、営業部は今年に入って再編成されたらしい。今までは、課ごとに取り扱う商品が異なっていたが、今はどの課もすべての商品を取り扱うことができるようになった。それにより、課の間で熾烈《しれつ》な争いが始まったという。競争心を煽《あお》ることで売上げを伸ばすというのが、去年就任した社長の考え方のようだ。

「ボーナスも昇給も課ごとに決定することになったのよ。だからみんな必死なの。課が違えばまるで敵同士よ」

茉莉子先輩によると、課ごとにABCと三段階の評価をつけ、Bを基準にしてAはプラス三十パーセント、逆にCはマイナス三十パーセントで、それがそのままボーナスの額に反映されてしまうという露骨なものだという。

「課の再編成の方法にも問題がありましたからね」

香織が言うと、茉莉子先輩はうんうんとうなずいた。

「というと？」

なんでも知りたかった。自分は、夫の置かれた過酷な環境をあまりに知らなすぎた。

「ほら、小松原課長って、いつも難しい顔をしてるけど、本当は穏やかで優しい人なのよ。だけど、今回はそれが裏目に出ちゃったの」

「一課と二課の課長は、小松原課長の先輩に当たるらしいですね」と香織。

「そうそう、それもあって、うちの三課は、実績のない若い社員や、今年入ったばかりの派遣社員ばかりを押しつけられちゃったのよ」

「それは……例えば、私みたいな？」

「うん、そうよ。気を悪くしないでね。星見ちゃんを責めてるわけじゃないの。ただ、やり手の営業職は、悉《ことごと》くほかの課に取られちゃったことは確かなの」

再編成するときには、優秀な部下の奪い合いが起こったらしい。

今年度は、人件費を抑えるために、大卒正社員の採用を極力控え、安く使える高卒の派遣社員を大量に採用したという。その派遣社員の中のひとりが星見だということだ。

何もかも、初めて聞くことばかりだった。

考えてみれば、夫は会社のことを家では話さなくなった。それはいつ頃からだったろうか。主婦なんかに話しても仕方がないと思うようになったのだろうか。

「小松原課長がかわいそう」

香織がぽつんと言う。

「最近の小松原課長は、胃を押さえていることが多いわ」

「やっぱりストレス溜まってるんでしょうね」

茉莉子先輩と香織の会話が胸に突き刺さるようだった。

だって、妻である自分より、職場の女性たちの方が、夫のことをよく知っている。夫婦というのは、互いに良き理解者であると思っていたのに、これじゃあ自分はいったい夫にとってなんだったのか。

「新しい社長は、煽りさえすれば人が動くと思ってるんだから」

「ほんと単細胞ですね」

「ところで香織ちゃんも星見ちゃんも、今度の試験、受けるんでしょう?」

試験?　なんの?

「私は受けないつもりです。結婚したら会社を辞めようと思っているので」

「あら香織ちゃんたら、もったいないわよ。試験をクリアすれば正社員になれるっていうのに。こんなチャンス、滅多にないのよ」

「それはわかってるんですけど、私は家庭に入りたいんです」

「香織ちゃんたら古風ね。でも、星見ちゃんは受けるんでしょう?」

「えっと……」

「受けなさいよ。ううん、受けるべきよ。試験は難しいという噂だけど、製品知識と小論文だけなんだから、努力次第だと思うのよ。ダメモトでチャレンジしてみたら?」

「はい……考えてみます」

「それにしても、星見ちゃんがこんなに普通の人だとは思わなかった」

茉莉子先輩が食後の紅茶を飲みながら、しみじみとした調子で言った。

「私もびっくりしちゃいました」

言いながら香織が見つめてくる。

「あのう……普通の人というのは、どういう意味で?」

「先週までの星見ちゃんは、とっつきにくかったわよ。ねえ、香織ちゃん」

「とっつきにくいどころか、正直言って恐かったです」

「恐かった？　というと？」

「香織ちゃんの言い方、決して大げさじゃないわ。カミソリみたいというのかな。ちょっとしたことでキレそうな感じがして、できれば関わり合いたくないと思ってたもの」

星見は、会社でも元暴走族みたいな雰囲気のままでいたようだ。

「別に騒ぐわけでもないし、静かではあるんだけど、その存在感といったらもう」

「香織ちゃんたら、存在感とはうまいこと言うわね。言い換えると、浮きまくってたのよ。それなのに、今日になっていきなり柔らかい感じになっちゃって」

「そうそう、服装まで普通になっちゃって」

「星見ちゃん、何かあったんでしょ？」

「きっと恋ですよ、恋。白状しなさいよ」

茉莉子先輩と香織は顔を見合わせて微笑んだ。

とんだ思い違いだが、身体が入れ替わったとは夢にも思っていないようで、少し安心した。

ランチが終わって会社に戻ると、驚いたことに、夫はまだ若造の久米部長に叱られていた。あれからずっと頭を下げた姿勢でいるようだ。

社員たちが、昼食から次々に戻ってくるのを見て、部長はやっと腰を上げた。

「おっと、そろそろ昼休みは終わりか？　俺もメシ食わなきゃ。小松原のせいで食いっぱぐれるところだったよ」

そのとき、スーツの似合うキャリアウーマン然とした女性が部屋に入ってきた。真っ直ぐ部長を目指して歩いている。

「次回の部長会のことだけど、報告書が出てないのは久米部長だけなのよ。今日中に出せるかしら」

女性の言葉で、部長の表情が一変した。悪さをしていた子供が母親に見つかったときのような顔をしている。

菱子は席に着いてからも、じっと観察していた。

「星見ちゃん、仕入れ部の部長を見るの、初めてじゃない？　素敵な女性でしょう」

「あの女の人、部長なんですか？」

「そうなのよ。部長の名は結城《ゆうき》ユリ。女性で部長だなんて、かっこいいでしょう」

ユリ？　どこかで聞いたことのある名前だ。

十五年以上も前のことになるが、夫と自分が結婚するとき、披露宴の招待客の中に、その名を見たような気がする。確か披露宴には、夫の同期で本社勤めの六人全員を呼んだのだった。その中で、結城ユリは紅一点だった。

歳は取ったが、どことなくチャーミングな雰囲気を、今も失ってはいない。

「もしかして、小松原課長と同期の女性じゃないですか？」

「あら、星見ちゃん、よく知ってるわね。結城部長はね、同期の中では出世頭なのよ」

彼女が同期の出世頭になっていたなんて初耳だ。ニュース性のある話題なのに、夫は話してはくれなかった。

寂しい……。

「結城部長は社長のお気に入りなの。だから久米部長も彼女にだけは気を遣ってるのよ」

茉莉子先輩が教えてくれる。

「小松原くん、どうしたの？　またいじめられてるの？」

結城部長が夫に尋ねるのが聞こえた。

「とんでもないです。悪いのはわたくしの方でして……」

夫がまた一段と深く頭を下げた。同期とは思えない丁寧な言葉遣いだ。

「いじめるなんて人聞きの悪い。結城部長、僕は小松原が部の再編成で貧乏くじを引いていることぐらい、十分わかってますよ。本当は同情してるんですから」

「同情してる？　へえ、どうだか」

そう言い置いて結城部長が部屋を出て行くと、慌てて追いかけるように、久米部長も出て行った。

夫は腰痛がひどくなったのか、腰を押さえながら自分の席に戻り、すとんと椅子に座って深い溜息をついた。

そのとき、コンビニの袋を持った石黒がすっと夫の席に近づいた。

「課長、コンビニ弁当、買っておきました」

「おお、助かるよ。いつも気が利くね」

「僕も昼はまだなんです。会議室が空いてますから、そこで一緒に食べちゃいましょう」

「食べずに待っててくれたのか？」

「ほら、課長、早くしないと、あと五分で昼休み、終わっちゃいますよ」

二人は会議室へ入って行った。

「石黒くんて優しいわね。小松原課長も彼がいるおかげで、精神的にずいぶんと救われていると思うわよ」

茉莉子先輩がしみじみと言った。

だけど、違うのだ。石黒は信用できない男だ。

夫とともに星見のマンションに出入りしているような男だ。夫が不倫するのを手助けしているに違いない。昼も食べずに夫を待っているなんて、あまりに気を遣いすぎている。そこまでして夫に取り入ろうとする理由はなんなのだろう。

「石黒くんの優しさで私も救われます。なんせ私のミスが原因なんですから」

香織がまたうなだれる。

「香織ちゃんは気にしなくていいのよ。あんなのミスとは言えないわ。数字を間違えたわけじゃあるまいし、単に言葉のニュアンスが部長のお気に召さないだけよ。いちゃもんつけてるとしか思えないわよ。だってあの部長、文章力ゼロだもん」

茉莉子先輩が唇を尖らせる。「ところで、石黒くんも正社員登用試験を受けるのよね。頑張ってほしいわね。彼の人生も紆余曲折だものね」

「受かるといいですね」と香織。

「石黒くんの親御さんに、息子さんの優しいところを教えてあげたいもんだわ」

「と、言いますと？」

この際、石黒のことも知っておきたい。

「あら、星見ちゃんたら、彼の生い立ちを知らないの？　彼、悲しむわよ」

茉莉子先輩がいたずらっぽい目をして笑った。

悲しむ？

ということは、石黒も星見を愛しているということなのだろうか。

「じゃあ教えてあげる。彼はね……」

茉莉子先輩の話をまとめると、石黒の父親は国会議員で、兄も姉もエリートコースを歩んでいるらしい。一家の出来損ないだった石黒は、二浪した末に私大に入ってからは、自転車で世界を回る旅に出て、結局は中退。帰国後は就職先もなく、派遣登録して今日に至っているらしい。派遣先でも人間関係がうまくいかないことが多く、長続きはしなかったらしいが、この会社に来て夫の部下となってからは、やりがいが出てきたと本人は言っているという。

その日の午後は、新人研修の一環として、仕入れ部の打ち合わせを見学することになっていた。

会議室に入ると、後ろにパイプ椅子が一列に並べられていて、そこが新入社員の見学席になっているらしい。石黒と並んで腰を下ろすと、前のドアから先輩社員たちがぞろぞろと入って来た。その中に、女性部長の結城ユリもいた。

「それでは会議を始めます。先週言ったように、今日の午後、カンザス州の農業組合の方が来ます。日本の食品会社を精力的に回るようです。今まで取引していたオレゴン州の会社より二割も安くすると言ってきています」

結城部長がよく通る声で言った。部長自らが会議を仕切っている。

「へえ、二割も？」

「それはすごい」

あちこちから驚きの声があがる。

「そんなに安く仕入れられるなら、パスタソースの原価も低く抑えられますね」

禿げ上がった男性が愛想笑いを浮かべながら言った。結城部長よりずっと年上だと思われるが、結城部長を見る目には必死といってもいいような媚《こび》が含まれている。

「品質はどうなんでしょう。安すぎる場合は要注意だと思いますが」

まだあどけなさの残るような若い女性社員が言った。

「柴田《しばた》さん、いいこと言うわね。品質はいつもに増して厳しくチェックすることにしましょう」

結城部長はそう言うと、会議室の後ろにずらりと並んでいる新入社員たちを見た。全員が胸に大きな名札をつけている。

「新入社員の中で、何か意見のある人、いるかしら。何に関してでもいいわ。うちの製品に対しての要望や不満でも構わないの。山田《やまだ》くん、あなた、どう？」

結城部長は右端に座っている男性を指した。

「えっと……特にありません」

「あらそう。じゃあ、その隣の岩井《いわい》さんは？」

「別に……ありません」

「ずいぶん消極的なのね。もしかして二人とも正社員?」

「そうです」

二人は同時に胸を張って答える。

「あなたたちは、正社員登用試験のことを知ってる? つまり、優秀な派遣社員の人がどんどん正社員になったら、能力のない正社員の身分は危うくなるのよ」

「えっ、そうなんですか?」

「今の時代、安定した身分なんてないの。自分の意見すら言えないようじゃ、サバイバルに生き残れないわよ」

「すみません」

「ところであなたたち、うちのパスタソースのどれが一番好き?」

「えっと……」

山田くんも岩井さんも凍りついたように黙ってしまった。

「まさか、食べたことないとか?」

結城部長が冗談めかして言う。

「すみません。私はまだ……」

「僕も今のところは、まだどれも……」

結城部長の頬が一瞬にして強張った。

「新入社員の中で、うちのパスタソースを食べたことのある人は手を挙げて」

結城部長の厳しい声が部屋に響き渡った。

しんと静まり返った中、菱子はそっと手を挙げた。見渡してみると、手を挙げているのは、二十人中わずか五人だった。

「嘘でしょう？　たったこれだけ？」

結城部長は大きな溜息をついた。「今、手を挙げた人、どれを食べたことがあるのか、左の人から順に言ってみて」

「私は和風パスタソースの生風味たらこです」

「僕は、ボロネーゼとあさりのトマトソースです」

「私は、きのこクリームと和風きのこです」

隣席の石黒の番が来た。

「僕は、ホットアラビアータとボンゴレロッソです」

「あら、石黒くんは二種類も食べてくれたのね。お父様もパスタはお好きかしら」

途端に結城部長は笑顔になった。

二種類食べたことのある人間はほかにもいるのに、石黒だけ特別扱いだ。

「さあ、どうでしょう」

いきなり父親のことを質問されて、石黒は戸惑っている様子だ。

次は自分の番だ。目立ちたくなかったが、わざわざ嘘をつくのも嫌だった。

「私は……全種類です」

「全種類というと、十三種類全部？」

結城部長がじっと見つめる。

「……はい」

「ああ、よかった。やっとまともな新人がいた。営業三課の山岸さんね。覚えておくわ」

一斉に視線が菱子に向けられた。結城部長が向けてくれたような、にこやかな表情ではなかった。

「で、早速だけど山岸さん、あなたはうちのパスタソースをどう思う？　遠慮なく意見を言ってちょうだい」

「遠慮なく、ですか？」

結城部長はにっこり笑ってうなずいた。

本当に遠慮なく言ってしまってもかまわないものだろうか？

「では、ちょっと言わせてもらいます。私は、大東亜製粉のパスタソースシリーズのどれも好きではありません」

そう言うと、部長以下全員が菱子を注視した。

「おい、いくらなんでもその言い方は……」

禿げ上がった社員がいきり立つ。

「栗田《くりた》くん、ちょっと静かに」

結城部長が手で制した。「山岸さん、いいのよ、さあ続けて」

「大東亜製粉のパスタソースは、味つけが濃すぎるように思います。例えばトマトソースに関して言えば、どれも酸味が強いし、その酸味を消すためなのか、甘みもきついし、うちの子供たちは、あっ、いえ……親戚の子供のことですが、どうも苦手なようです。できれば、都内の三つ星レストランなどの味を研究して、味つけとトマトの種類を変えてみてはいかがでしょうか」

「山岸さんは、どこのメーカーのソースが好きなのかしら」

「私は自分で作っています。手作りの方が安心ですし……」

「おい、うちの商品だって安心だぞ。全部無添加なんだから」

栗田が憎々しげに睨みつけてくる。

「山岸さん、続けてちょうだい」

「はい。添加物さえ使ってなければいいと思っている主婦は少ないと思います。その前に、国産の野菜を求めているんです。どこの畑で誰が作ったものなのか、どんな農薬をどれくらいの量使っているのか。いいえ、もっと厳しい目を持った消費者なら、その畑が三年以上前から農薬を使っていないことを求めています」

「意外だなあ。身体に悪くても腹いっぱいになればいいタイプだと思ってたけどね」

栗田という男は、どうやら以前から星見のことを嫌っているようだ。

彼が皮肉っぽくにやりと笑うと、周りから失笑が湧き起こった。

自分は一家の主婦として、マンションの頭金を貯めるために必死で節約しているが、食べ物だけは別だ。子供たちの口に入ると思ったら、安ければ何でもいいとはいかない。

「山岸さんは若いのに、まるで問題意識を持った主婦みたいね」

「はい……」

「じゃあ、その隣の石黒くんはどう思う?」

「僕も山岸さんと同じ意見です。値段は多少高くても安全性を求めている消費者は多いと思います。僕も自炊していますが、やはり出どころのはっきりしない野菜は買わないようにしています。ですから、パスタソースの材料も、牛肉の成育歴みたいに、ネットで出身畑を検索できるようにしたらどうでしょうか」

「営業のくせに仕入れに口出しするなよ」

栗田の意見に、うなずく社員が何人かいる。

「さすが石黒くん、いいアイデアだわ。知っての通り、大東亜製粉は根本から見直さなければならない時期に来ているの。思いきった方向転換をしないと、近い将来とんでもないことになるという意見が部長会議でも主流よ。値段は高くなっても材料にこだわる方がいいかもしれないわね」

結城部長が言うと、驚いたことに栗田は何度もうなずいた。

「あのう……」

ひとりの先輩社員が恐る恐るといった感じで手を挙げた。

「仕入れを根本的に見直すとのことですが、それとは別に味の問題はどうなるのでしょうか。実は僕も当社のソースの味が以前から苦手でして……」

「仕方ねえだろ。先代社長の奥様の味つけともなれば変えられないよ」

栗田が吐き捨てるように言う。

「でも……もう会長に退かれたことですし……」

「会長になって、ますます権力増大してるの、知ってんだろ」

いきなり結城部長は机の上の資料を熱心に読み出した。部下が意見を言っているというのに、顔を上げようともしない。

「あのう……部長、聞いておられます？」

しびれを切らしたように、先ほどの若い女性社員が声をかけた。

「私にはなんにも聞こえなかった」

結城部長は自嘲気味に言った。

味つけの問題は、どうやらタブーであるらしい。同族会社に風穴を開ける勇気のある人間はいないのだろうか。誰しも生活があることを思うと、責める気にはならないが、それにしてもこのままでは……。

結城部長はと見ると、黙って腕組みをしたまま下を向いている。

夫がスーパーの陳列棚争いで苦労していた姿が目に浮かぶ。似合わない愛想笑いを顔に貼りつけ、腰を折り曲げるようにして何度もお辞儀をして頼み込んでいた。

不倫したことは許せないが、十五年も苦楽をともにしてきたのだから情はある。パスタソースの味さえ良ければ、営業職の夫も少しは救われるのではないだろうか。魅力ある商品なら、主婦同士の口コミで売れることも世間では珍しくないのだ。

それは、つまり……。

「私たち営業がどんなに努力したって、まずいものは売れないんです」

知らないうちに口をついて出ていた。

「まずい？　おまえ、いくらなんでも言い過ぎじゃないのか？」

栗田に睨まれたが、昔からこういったタイプの男が嫌いだからか、口が止まらない。

「客の生の声を知っているのは営業だけなんです。統計上の数字からだけでは、スーパーや小売店の現状を読み取れないでしょう」

「新入社員のくせに。それも、派遣社員だってことを忘れるなよ」

そのとき、ぱんぱんと手を叩く音が響いた。音のする方を見てみると、結城部長だった。こっちを見てにっこり笑ってうなずいた。

「みんなの気持ちはわかったわ。だから今日はこの辺で」

会議が終わり、ぞろぞろと廊下に出る。

「山岸さん、心境の変化でもあったの？　なんだかやる気満々だね」

石黒が微笑みながら話しかけてきた。

「今までは、やる気がないように見えてたんでしょうか？」

そう尋ねてみると、石黒は声を出して軽快に笑った。

「やっぱり面白い人だ。先週までは、あんなにアンニュイな雰囲気をふりまいていたから、内に闘志を秘めていたなんて全く気づかなかったよ。このことを小松原課長が知ったらきっと喜ぶよ」

喜ぶ？　夫は星見が仕事に対してやる気になるのを望んでいるのだろうか。

席に戻り、机の上のパソコンを見つめながら、石黒の言ったことを頭の中で反芻《はんすう》していたとき、画面の下に〈社内メールが届いています〉とメッセージが出た。

クリックする指先が震えた。送信者が〈小松原麦太郎〉だったからだ。

『本日八時、訪問、ＯＫ？』

不倫しやすい世の中になったのは、携帯電話のお陰だけではなかった。妻が絶対にのぞき見ることのできない、社内メールというものがあったとは……。

ああ、本当に何もかも馬鹿馬鹿しい。

苦楽をともにしてきた情ですって？

不倫されてもなお、パスタソースの味を研究して営業職の夫を助けられないものかと考えた自分。

どこまで人が好いんだろう。

『もういい加減にして！』

勝手に指が動いてしまい、即座に送信していた。

『どうした？　何かあったのか？』

すぐに返信メールが届いた。

顔を上げて夫の方を見ると、夫はじっとこちらを見つめていた。

もう誰も信じられないし、男なんて全員大嫌い。

この世の中のすべてに腹が立つ。

でも……やっぱり知りたい。星見の部屋で、夫はどう振る舞っていたのかを……。

毒を食らわば皿までも、だ。

『冗談でーす。もちろんＯＫだよーん。八時に部屋で待ってるからね』

送信ボタンを押した。

★

出がけに、鏡に映る自分を見てびっくりした。どこから見ても平凡な主婦だったからだ。いつでもどこでも悪目立ちする、いつものあたしじゃなかった。

生まれて初めて〈その他大勢〉というものに、紛れ込むことができる魔法の術を得たような気がした。言い換えれば、まるで透明人間になったような感じだ。

今日のあたしの服装は、白い綿パンとサーモンピンクのセーター。これは奥さんの指示通り。

そして、奥さんの言いつけ通り、ＰＴＡの会合のために小学校に来た。小学校に来たのは、あたし自身が小学校を卒業して以来だ。

昇降口に立ち、校庭を眺める。高学年が五十メートル走のタイムを計っている。

ひんやりとした廊下。

セメントを固めて作っただけの簡素な手洗い場。

小さな机と椅子。

ここはあたしが卒業した小学校じゃないけど、どこの小学校も同じような造りになっているみたいで、何もかもが懐かしかった。

といっても、いやな思い出もいっぱいだけどね。

校舎を歩きまわり、今日の会合場所になっている視聴覚室をやっと探し当てた。ドアのところからのぞいてみると、既に三十人ほどのママさんたちが集まっていた。

ドア近くに座って、机の下でケータイを開き、奥さんからの指示をもう一度確認する。

『PTAでは絶対に目立たないこと。会長の機嫌を損ねると、余計な仕事が回ってくるから要注意』

奥さんによれば、PTA会長は、何から何まで取り仕切らないと気が済まない人らしく、議長も兼ねているという。

「では、そろそろ始めます。本日の議題は学芸会でのPTAの役割についてです」

教壇に立ったママさんが話し始めた。あれが会長だろうか。ほかのママさんたちに比べると、ずいぶん年上に見える。

あたしのお母さんは、PTAの会合に来たことなんてあったんだろうか。まさか、ないに決まってるよね。だって、参観日でさえ、あたしが四年のときに一回来ただけだもん。授業の途中でそっと振り向いてみたら、お母さんはもういなくて、すんげえ寂しかったのを昨日のことみたいに覚えてる。

「さて、私どもPTAは例年通り学芸会に参加する予定です。コーラスにするか、フラダンスにするか、そろそろ決定したいと思います」

会長の隣で、いちいちうなずきながら、みんなを見渡しているのが副会長だろう。

「ちょっといいですか」

ひとりのママさんが手を挙げた。

「いいわよ。どんどん意見を言ってちょうだい」

会長がにっこり笑って答える。

「私はコーラスの方がいいと思います。歌詞カードさえもらえば家でも練習できますから。私は働いていますので、練習に何度も参加するのは難しいんです」

あちらこちらから、「私もよ」と相槌を打つ声が聞こえる。

「だけど、フラダンスも健康作りにはとてもいいのよ」と会長。

「フラダンスだと、服装はどうなるのですか」

「縫い方は私が指導するから大丈夫」と副会長。

会長と副会長の二人は、どうやらフラダンスをやりたいらしい。

「フラダンスだと練習が大変だと思います」

「私もそう思います。コーラスにしたらどうでしょう。そして、練習がそれほど必要ないような、みんながよく知っている簡単な曲でどうでしょう」

「そんなのでは学校側に申し訳ないわ。日頃子供たちが先生方にお世話になっているのよ。それに、やっぱりフラダンスの方が華やかだから、子供たちも喜ぶと思うの」

会長は譲らない。

「私もコーラスがいいと思います。誰でも知っている曲にすれば練習は一回でいいのではないですか」

みんなそれぞれに忙しいらしい。

「一回？　たったの？　冗談でしょう。そんないい加減な気持ちじゃだめよ」と副会長。

「フラダンスの方が見栄えがするわよ。コスチュームも揃えるんだし」と会長。

ほかのママさんたちと違って、会長と副会長は、暇を持て余しているみたいだ。

そのあとも、コーラスかフラダンスかを決めるだけの話し合いが一時間以上も続いた。ママさんたちのほとんどが、時計をちらちら見て溜息をついたり、机の下で携帯をいじったりしている。

あたしも早く帰りたいよ。まだ洗濯もしていないし、掃除機もかけてないし、キッチンも片づけていない。

ええっと、この話し合いが終わったら……すぐに家に帰って、昼ご飯にカップラーメンをかっ込んで、それから……奥さんの書いてくれた地図を見ながら自転車を漕いで学童クラブへ行って……。道に迷うかもしれないから、早めに家を出なきゃ。

それより夕飯はどうしよう。出前を取るかコンビニ弁当か……。

だから、もういい加減、こんなどうでもいい議題は終わりにしてほしい。

「ずっと黙ってるけど、小松原さんの意見はどうなの？」

突然、ＰＴＡ会長があたしを見た。

「えっ？　あたし？　いや、だって……」

奥さんに、おとなしくしてろと言われてるから……。

それに、言葉遣いにも自信がないし……。

「思ったこと、なんでも言ってちょうだい」

マジ？　本当に言っちゃっていいのかよ。

まるであたしの心の声が聞こえたみたいに、会長は優しそうに微笑みながら鷹揚《おうよう》にうなずいた。

「じゃあ悪いけど、ちょっと言わせてもらう。コーラスもフラダンスもやる必要ないいんじゃないかしら。学芸会はガキどもが頑張ればいいいんだよ。母親が出しゃばらなくていいと思います。それよりさ、話し合うべきことがほかにいっぱいあんじゃねえのかしら？　登下校時の連れ去りとかさ、ロリコンの変態オヤジ先生とかさ、最近だとネットイジメとかもあるじゃん」

会長が返事をしない。

気がつくと室内は静まり返っていて、全員がびっくりしたようにあたしを見つめていた。そのくせ、目が合うとすぐに逸らすから、すっげえむかつく。

はいはい、いいですよ。またここでも異端児扱いですか。わかりましたよ。

あーあ、どうしてあたしだけどこへ行っても浮くんだろ。

ということは……こんなあたしでも切り捨てようとはしないムギと石黒は、変わり者ってことか？

「ぶっちゃけた話、どうしてもフラダンスがやりたいっていうんなら、会長と副会長だけでやりゃあいいんじゃねえのかしら？　これ、皮肉じゃないんですのよ。だって、やりたいことはやった方がいいと思いますので。でもね、仕事持ってて忙しいママさんたちは勘弁してやんなよ」

会長と副会長が、こちらに背中を向けてこそこそと話し出した。

「この議題については次回に持ち越します。本日はこれで解散！」

会長が怒ったような大声で言った。そして、あたしの方を思いきり睨んでから部屋を出て行った。

えっ、なんなの？　突然打ち切りかよ。

ママさんたちもぞろぞろと教室を出て行く。

やばい。

もしかして、目立つなという奥さんの指示と正反対のことをしてしまったとか？

あちゃー、奥さんにばれたらどうしよう。

でも、会長の方からあたしの意見を求めてきたんだよ。あたしから出しゃばったわけじゃないんだからね。

それにしても……あたしは、そんなに変なことを言っただろうか。

真っ当なことを言ったつもりだ。だけど、誰ひとりとして賛成してくれなかったことを思うと、やっぱりあたしって変なの？

あたしの発言で、場の空気が一変してしまったってことは、やっぱりあたしの意見は非常識だったわけ？

いったいどこがどう非常識だったのか、さっぱりわからない。いや、わからないからこそ、あたしは非常識なんだよ、きっと。

教室を出て階段を下りる。

昨日の夜、奥さんからメールで頼まれたことがもうひとつあった。

——小学校に行ったついでに、真人の上履きを持ち帰ってください。ワンサイズ大きいものを買ってあるので（寝室のタンスの上）、それと交換してきてください。

もうほんと、過保護にもほどがある。

本人にやらせればいいことなのに、五年生にもなると持ち物が多くて大変だからなんて奥さんは言う。頭にきたから、奥さんには内緒で、今朝、本人に新しい上履きを持たせてやった。だけどやっぱり、奥さんから頼まれたという責任があるから、真人がちゃんと古いのと交換したかどうか、確認だけはしておこうと思う。

昇降口で五年一組の下駄箱を探していたとき、ひとりのママさんがすっと寄ってきて小声で言った。

「小松原さん、見直しちゃったわ。胸がすかっとした」

印象には残っていなかったけど、ＰＴＡに出ていたママさんのひとりのようだ。

ちょっと救われた思いがした。

「あたし、ちょっと出しゃばりすぎたかな」

「そんなことないわよ。もしも学芸会に参加しなくて済むんなら、みんな助かるもの」

やっぱりあたしの意見は正しかったんだ。

「だったら、どうしてあの場で賛成してくれなかったの？」

「だって、私は小松原さんみたいに勇気のある人間じゃないもの」

ママさんの言葉で、一瞬にして頭に血が上った。

小学校の頃からつい最近に至るまで、自称〈勇気のない人間〉やら〈気が弱い女〉などに、どれくらい傷つけられてきたことか。

「ざけんなよ。勇気がないんじゃなくて、あんたはただ単に卑怯者なんだよ」

「そんな……」

そのママさんは、目を見開いて口を押さえ、あたしを見つめた。どこへ行っても目立つなと奥さんからは言われていたけど、もうそんなのどうでもよくなってきた。だってあたしは、小学生のときから無理やり〈勇気ある側〉に立たされてきたのだ。

——星見ちゃんから先生に言ってくれない？　私は気が弱くてとても言えないから。

——あの男の子には、星見ちゃんの方から注意してくれない？　すぐ暴力振るうから私たちは恐くて言えない。だけど星見ちゃんなら平気でしょう？

友だち欲しさに言うことを聞いてきたあたしもあたしだけど……。

「あんた、矢面《やおもて》に立つ人間の気持ちを考えたことが一回でもあんのかしら？　これからは自分で言えば？　あんたにも口があんでしょう」

「そうね……うん、ほんとにそう……小松原さんの言う通り。私みたいな卑怯者が母親だから、子供にも悪い影響を与えていたのかも……」

それきり口をつぐんでしまった。なんのことだかさっぱりわからない。

「わりぃ。言い過ぎたよ。ごめん。卑怯者って言ったの取り消す」

本当は取り消したくなかったけれど、身体が元に戻ったとき、奥さんに迷惑をかけるのが目に見えている。

「あ、あった」

やっと〈小松原真人〉と書かれた下駄箱を見つけ、蓋を開けてみる。古い上履きがきちんとビニール袋に入れて置いてあった。

「小さくなった上履きも、まだきれいだから捨てるにはもったいないわね」

そう言いながら、ママさんは、すぐ隣にある〈矢島芙由美《やじまふゆみ》〉と書かれた蓋を開けた。

真人と同じクラスに娘がいるらしい。

「あっ」

言ったきり、矢島さんは固まってしまった。

「どうしたんだよ」

見ると、靴に極太マジックで「死ネ！」と書かれていた。

「芙由美は何も言わないんだけど、少し前から変だとは思ってたの」

矢島さんは、小さな靴を握り締めた。「このこと、誰にも言わないで」

懇願するような目であたしを見る。

「言うわけねえだろ」

「先生に相談するのもなんだかね……」

暗い目をしたまま、あたしをちらっと見た。

「先生に相談するのはやめなよ。まず本人に確認することが先だよ」

「そうよね、話はそれからよね。こんなの軽い冗談かもしれないんだしね」

矢島さんは、少し口許を緩めようとした。

「まさか、冗談でそんなことしねえだろ。軽い悪ふざけだったら、洗っても落ちないマジックなんて使うかよ」

「それも……そうね」

「実はあたしもずっとイジメにあってたんだ」

「そうなの？　それは大変だったわね。本人はもちろんだけど、ご両親もさぞつらい思いをなさったでしょうね」

「どうだろ」

お母さんは生活していくことで手いっぱいだったから、あたしがイジメにあってたこと自体を知らない。

「相談に乗ってやってもいいけど、今日はすぐに帰らなきゃならないんだ。夜でもよかったら電話しなよ」

教えてあげられることはただひとつだ。

いじめられたら逃げるが勝ち。

転校するのが一番。

だけど、引越すにはカネがいる。うちのお母さんには無理だった。だから言わなかった。

午後は学童クラブへ向かった。

家から自転車で五分だと奥さんは言ってたけど、なかなか見つかんない。地図によると確かにこの場所なんだけど、目の前にあるのは、あまりに洒落た建物なのだ。

自転車を止めて門をくぐり、恐る恐る中をのぞいてみると、銀色のプレートに〈夕陽ヶ丘学童クラブ〉とあった。

なんだ、ここでよかったのか。

学童保育といえば、小学校の空き教室を利用するか、プレハブの建物だろうと思っていたから、こんなに立派な建物だとは思いもしなかった。

無垢材を使った清々しい玄関ロビーでケータイを開き、奥さんからのメールを読み返す。

『上履きは下段右端。一階の職員室で出勤簿にハンコ。職員室にいる四人は正職員。失礼のないように。ロッカー内の水色エプロン着用後、広間へ。あとはファイルにある通り』

メールの文言がだんだん省略されてくる。奥さんも慣れない生活で、時間に追われているのに違いない。

家から持って来た奥さんのファイルを開く。

——夕陽ヶ丘学童クラブには、小学校一年生から三年生まで、およそ七十人が在籍している。共働き家庭の子供たちは、学校が終わると、家には帰らず真っ直ぐやってくる。おやつを出してやったり、宿題を見てやったり、折り紙やあやとりを教えてやることもある。低学年といえども小学生なので、保育園児のようには手はかからない。常勤の指導員は市役所の正職員四人。それ以外に、パート主婦八人がローテーションを組んでいる――

扉に〈職員室〉と書かれた部屋を覗くと、男三人と女ひとりが、ドラ焼きを食べながら談笑していた。休憩時間なのだろう。のんびりした雰囲気が漂っている。ベージュで統一された上品な内装は、職員室というより高級マンションのモデルルームみたいだった。

「あら、ご苦労様」

声をかけてきたのは濃いメイクの女だ。二十代後半くらいだろうか。胸につけた名札に〈奥沢亜希《おくさわあき》〉と書かれている。

「今日はお掃除のオバサンが急に休んじゃったのよ。だから小松原さん、あなた、広間に掃除機かけといてね」

命令口調だ。正職員とパートという身分差があるから当然なのかもしれないが、奥さんはこの女よりずっと年上だと思うと、いい気はしなかった。

広間で掃除機をかけ始めると、エプロンをつけた女の人が二人入って来た。その中のひとりがあたしの方に近づいて来る。

「今朝はお疲れ様」

ＰＴＡの帰り際、昇降口で会った矢島芙由美のママさんだった。彼女もここのパートをしているとは知らなかった。

手分けして部屋を掃除し終わった頃、学校から一年生たちが続々と帰ってきた。

「先生、ただいま」

「先生、僕の宿題見てよ」

「先生、サッカーしに緑ヶ丘公園に行っていい？」

「先生、今日のおやつ、なあに？」

子供が七十人もいると、パート主婦三人ではとても手が足りそうにない。

そう思ったとき、職員室から正職員四人が走り出てきた。

「みんな、お帰りなさい。身体の調子の悪い子はいないかな？　みんな元気かな？」

ひとりひとりの様子を見るように、子供たちを見渡す。

「先生、ドッジボールしに広場に行こうよ」

ふと気づくと、小さい男の子があたしのエプロンの裾を引っ張りながらあたしを見上げていた。

「ドッジボール？　マジかよ。最近のあたし、チョー運動不足なんすけど」

「ねえ、頼むよ」

数人の男の子があたしを取り囲んで見上げる。

小学校一年生ってこんなに小さかったっけ？

「あんたたちだけで行けばいいじゃん」

「えっ？　子供だけで行ってもいいの？」

「先生のつきそいがなくても外に出ていいことになったの？」

やばい。色々と規則があるらしい。

「あっ、いや……行くよ。行けばいいんだろ、このクソガキどもが」

仕方なく子供たちと近くの広場まで行ったけど、途中で疲れたので、審判で勘弁してもらった。

おやつの時間には、子供たちと一緒にホットプレートでクレープを焼き、そのあとは一年生のガキどもの、繰り上がりのある足し算の宿題を見てやった。

それほど働いたという実感はなかったのに、初めてで慣れないせいか、夕刻にはへとへとになっていた。

「ねえ、もしかして正職員とパートじゃ給料は違うの？」

ふと思いつき、帰りの自転車置き場で矢島さんに尋ねた。

「何よ今さら。当たり前じゃないの」

矢島さんは、当然といった感じで答える。

ここも、大東亜製粉と同じらしい。

「世の中、不公平すぎるよ。仕事の中身は同じなのに、正職員はパートの何倍もの給料もらってんだろ?」

「それを言わないでよ。働くのが嫌になっちゃうから」

「どうして誰も正そうとしないんだよ」

「正す? どうやって? 無理に決まってるじゃない。そんなの仕方がないことよ」

この世の中、いったいどうなってんだ?

昔から、大人は何でもかんでも仕方がないという。自分も大人になったら、自然にそういう考え方になるんだろうと思ってたけど、実際は全然違った。

この世の中は、〈仕方がない〉ことで溢れ返ってる!

お父さんが交通事故で死んじゃったことは、確かに〈仕方がない〉ことかもしれない。でも、そのあとお母さんが一生懸命働いても貧乏から抜け出せなかったことも〈仕方がない〉ことなんだろうか?

「そんなのおかしいじゃん」

「大きな声出さないで。正職員の人が聞いたら、いい気はしないわ。それに彼らも一生懸命働いてるじゃない」

「それは……そうだけど。でも……」

溜息が出る。

だって、忙しいとはいうものの、みんな定時で帰れるじゃん。それに、休憩時間には、職員室でドラ焼き食いながら雑談してたじゃん。もちろん、そんな些細なことを責める気はないよ。ただ、あの人たちを見ていると、うちのお母さんの人生はなんだったのかと思うんだよ。

だって、お父さんが死んでからのお母さんは、朝から夜中まで働き通しで身体を壊したんだよ。そして、病気が治ってからのお母さんは、人が変わったみたいにグータラになった。働いても働いても浮かび上がれない人生が馬鹿馬鹿しくなったからだ。お母さんは人生を捨てたんだよ。もしも、あのとき、ここの職員みたいな安定した仕事に就けていれば、今頃はもっと違った人生を歩んでいたと思う。

「小松原さん、恐い顔してどうしたの？」

「えっ？　ああ、ちょっと考えごと」

気づけば、自転車のカゴを睨みつけていた。

「小松原さんておもしろいわ。今朝のＰＴＡでも意外な一面を見ちゃったし。なんだか私、あなたのこと好きになっちゃったわ」

「それは……どうも」

照れ臭い。人から好かれたことなんて今までないからさ。

「それに、算数を教えるのがすごくうまい」

「あんがと」

小学校二年生くらいまでは勉強はできるほうだった。だけど、そのあとお母さんが過労で入院し、学校をちょくちょく休むようになって落ちこぼれた。

でも、考えてみると、小学校の低学年で落ちこぼれても高校を卒業できるんだから、学校なんて、ほんといい加減なもんだと思う。

「小松原さん、お言葉に甘えて芙由美のことで今夜電話してもいいかしら」

「遠慮すんなよ」

「ありがとう。じゃあ、あとで」

「うん、バイバイ」

信号の手前で矢島さんと別れた。

マンションの駐輪場に自転車を止め、エレベーターホールへ向かう。バッグから家の鍵を取り出そうとしたとき、底の方に〈甘辛するめ〉と書かれた小さな袋が入っているのに気がついた。きっと奥さんの好物だ。だって三袋もあるもん。どんな味がすんだろ。ためしに一袋開けて食べてみると、苛々が少し和らいだ気がした。

その夜、久しぶりにブログを更新しようと、リビングにあったパソコンを立ち上げてみた。

なんとはなしに履歴を表示してみる。

えっ、マジ？

履歴の中に、『星見のひとりごと』がいくつもある。一日のうちに何度も見てたってことだ。

この家の、いったい誰が見てたの？

ムギが見つけたんだろうか？　そして、奥さんも読んでたとか？

それにしても、なんでわかったんだろう。

そういえば以前、ブログ書いてるってムギに話したことがある。

でもどうやって探したんだろう。わざわざ〈星見〉で検索したんだろうか。思ったことをそのまま書いていたから、めちゃくちゃ恥ずかしいよ。

あれ？　だから奥さんはあたしを庭園に呼びつけたの？

◆

菱子は星見の部屋で、夫が来るのを待っていた。

冷凍庫にあった食材を使い、二人分の食事を作り終えたところだ。夫の分まで作るのは癪《しゃく》に障ったが、自分自身が空腹だったので、ついでだと思うことにした。

それにしても——。

テーブルの上を見渡して溜息をつく。

食器棚から出したご飯茶碗、味噌汁の平凡なお椀、茄子の絵が描かれた皿……。

なんとも所帯じみている。

どうせなら、もっとかっこいい不倫をしたらどうなのよ。

もしも自分が不倫するとしたら、ドレスアップしてステキなレストランで食事をしたあと、ホテルのスイートに泊まりたい。相手には、よそゆきの面ばかりを見せる。

1DKのこんな古びたマンションでは、ロマンチックな雰囲気なんかまるでない。

とはいうものの、家庭のある男性にとって、これほど都合のよい不倫環境はほかにはない。部屋へ入ってしまえば、人目を気にすることもないし、ホテル代も食事代もいらない。不倫関係なら、デートのたびに時間と場所を工夫しなければならないが、そんな手間も省けるし、気が向いたときにふらっと立ち寄ることもできる。

しかし、夫にとって便利であっても、星見にはどうだったのだろう。自分の部屋で会うとなると、いつ来ていつ帰るかという決定権は夫が握ることになる。となると、彼女は必然的に〈待つ側〉になる。そのからくりに、星見は気づいていただろうか。あんな若い女に、自分が不利な立場に置かれていることを理解しろという方が無理かもしれない。そう考えると、夫だけが悪者で、星見は世間知らずの被害者に思えてくる。

静けさの中にいると、次々といろんなことを考える。このままでいると情緒不安定になるような気がして、テレビをつけた。

いきなり大きな音でビールのコマーシャルが流れた。

『本気のうまさだぜ！』

本気の？

『これこそ本物のビール！』

本物の？

もしかして、浮気ではなくて本気だったとか？

星見と人生をやり直したいと真剣に考えていたとか？

自分や実花や真人を捨ててまで？

それほど星見を深く愛していたということなの？

だとすると、辻褄《つじつま》が合う。本気なら、贅沢《ぜいたく》な夢を見せてくれる必要はない。それどころか、所帯じみている方が、本物の夫婦みたいで幸福感が増すかもしれない。ショックだけど、それの方が、最後の砦《とりで》である夫の人間性というものを疑わずにいられる。

考えを巡らせていると、玄関のチャイムが鳴った。

ドアを開けると、夫が立っていた。

「どうしたんだよ。そんなびっくりしたような顔して」

夫が不思議そうに首を傾げる。

だって、本当に来るとは思わなかったのだ。もしかしたら不倫なんて星見の嘘ではないか、それとも何かの間違いではないかと、心の奥底で自分はまだそう思っていたらしい。いや、そう思いたくて仕方がなかったのだ。

でも……やっぱり現実だった。

エプロンのポケットに手を忍び込ませ、会社帰りに買ってきたボイスレコーダーのスイッチを入れる。

「ハーゲンダッツ、買ってきたよ」

夫はにっこりと笑い、コンビニの袋を高く掲げた。

「それは……どうも」

「山岸はストロベリーのが好きだったよね」

夫の、この優しそうな微笑み。まるで純情な少年かと思うような、とろける笑顔。その表情には見覚えがある。遠い昔、自分と夫がまだ恋人同士だった頃に、よく見せていた表情だ。

「あれ？　なんで？」

夫は入って来るなり棒立ちになり、テーブルの上を凝視した。

しまった。

家で作る惣菜と同じだから、身体が入れ替わっていることが、ばれてしまった？

迂闊《うかつ》だった。

「メシいるなんて、俺、言ったっけ？」

「え？　お腹、空いてないの？」

壁の時計を見ると、八時半を過ぎている。夫が来るのをずっと待っていたので、自分は空腹なのだが。

「だって俺、カミさんにメシいらないなんて連絡してないよ」

ああ、そういうことか。

「ここでは食べないで奥さんの作った夕飯は食べるの？」

「そういじめるなよ。わかった。今夜はここで食べてく。山岸に煮物が作れるなんて知らなかったよ」

夫は椅子に座るなり、箸を握った。

穴の開くほど夫を見つめた。

目の前にいるのが誰だかわからなくなる。

あなたは本当に小松原麦太郎さんですか？

私の夫ですか？

カミサマ、教えてください。

どうしてこんな男と結婚してしまったのですか？

「ご苦労なことね。家に帰ってからも食べるんでしょう？　もうオジサンなんだから、無理すると胃がもたれるわよ」

「オジサン？」

「鏡を見てみなさいよ。その目元の皺や白髪やたるんだ皮膚」

「今日はずいぶん食ってかかるね。どうしちゃったんだよ」

「事実を言っただけよ。帰ってちょうだい」

「いったい今日はどうしたんだよ。何か嫌なことでもあったのか？」

「帰って！」

立ち上がった拍子に椅子が倒れ、大きな音が部屋中に響いた。

「うまそうな煮物だなあ。日本酒が合いそうだ」

夫は平然と箸を持ち上げた。

人間って恐い。

こんな男だったとは全く気づかなかった。

自分が特別に鈍感な人間とは思えないのだが……。

「聞こえないの？　帰ってって言ってるのよ」

「まあ、座れよ」

「帰ってちょうだい！」

叫んでいた。

「機嫌直せよ」

「警察呼ぶわよ！」

真正面から見据えて言うと、やっと本気だとわかったのか、夫はあきらめたように立ち上がった。

「俺がこんなに一生懸命になってるのに……。もう勝手にしろ！」

夫は捨て台詞を残して出て行った。

バタンとドアが閉まる。

内側から鍵をかけた途端に涙が溢れ出し、その場に崩れ落ちた。

しかし、それから五分もしないうちに、またチャイムが鳴った。

ドアスコープを覗くと、石黒が立っている。

どういうこと？

星見は、石黒ともつき合っているの？

「なんの用？」

ドアを開けながら尋ねる。

「おいおい、そういう言い方ないだろ。あれ？　小松原課長は？」

石黒はドアから首だけを突っ込んで、部屋の中を見渡した。どうやら石黒は、夫が今夜ここに来ることを知っていたらしい。不潔極まりない。入り乱れた男女関係にぞっとする。

「あの人なら、今帰って行ったところよ」

「どうして？」

「さあ、どうしてでしょうね」

「また山岸さんの気まぐれ？」

今までにも夫を追い返すことがあったのだろうか？

「もう来ないで」

「は？　何言ってるの？　山岸さんに翻弄される小松原課長がかわいそうだよ。あんなに親身になってくれているのに」

親身とはまた、物は言いようだ。

もう何もかも嫌だ。

石黒をドアの外へ押しやるようにしてドアを閉めようとした。

「いい加減にしなよ」

石黒もまた、捨て台詞を残して帰って行った。

夢の中で騒々しい音楽が鳴り響いている。

やっと鳴り止んだと思ったのに、しばらくすると、また始まった。

それが携帯の着信音だと気づき、慌てて枕許に手を伸ばす。時計を見ると、まだ午前四時だった。

——もしもし、奥さん、起きてよ。ムギが交通事故に遭ったんだよ。

「えっ？」

びっくりして飛び起きる。

——命に別状はないって。足を骨折しただけだから、意識ははっきりしてるよ。会社の帰りにひとりで居酒屋へ立ち寄って、そこでふらふらになるまで飲んだらしいよ。家に帰る途中、交差点を左折してきたバイクと接触して転んだんだってさ。二ヶ月くらいは入院しなくちゃならないらしいよ。

「骨折？　入院？」

——ねえ奥さん、ムギがひとりで居酒屋に立ち寄るなんて、よくあることなの？

今まで聞いたことがない。昨夜、部屋から叩き出したことが原因なのだろうか。実際に夫に冷たくしたのは自分だが、姿かたちは星見なのだ。彼女にふられたことが、それほどショックだったのかと思うと、平静ではいられなかった。あんな夫なんか、と軽蔑する一方で、悲しくてたまらなくなる。

病院の名前をメモ用紙に書き留めてはみるが、自分が見舞いに行くわけにはいかない。

「入院の世話は星見さんに頼むしかないわね」

——わかってる。着替えを持って行くくらいお安い御用だよ。

「ところで、ＰＴＡや学童クラブの方は、問題なくこなしてくれてるかしら」

——まあそれなりにね。

「それなり？　なんだか頼りないわね」

とはいえ、ＰＴＡの方はおとなしく座っていればいいだけだし、学童クラブは難しいことはひとつもないから、たぶん無難にやってくれているのだろう。

だんだんと窓の外が明るくなってきた。

すっかり目が覚めてしまっていた。

第四章　模索する日々

★

ガキどもを学校に送り出したあと、テレビをぼうっと見ていると、電話が鳴った。

——もしもし？　今日、時間あるかしら？

「は？　あんた誰かしら」

——え？　もしもし、あなた菱子さんでしょう？

「あのさあ、まず自分から名乗るのが礼儀じゃないのかしら」

——あらごめんなさいね。私は麦太郎の母親の小松原容子《ようこ》です。

ムギの両親のことなら、だいたいのことは知っている。駅前の商店街で履物屋をやっているこことか、最近はしょっちゅう家に遊びに来るようになって、家の中をじろじろ見るからウザイとか。

何でそんなことまで知っているかというと、奥さんが毎日のようにメールを送ってくるからだ。家のことが心配でたまらないみたい。まっ、こんなあたしじゃ信用できないのも無理はないけどね。

——で、あなたはどなたなの？

「どなたって、ムギの奥さんに決まってるじゃありませんか」

――本当？　なんだかいつもと違うけど……でも声が菱子さんだわね。ちょっとうちへ顔を出してくれないかしら。

この季節になると、毎年リンゴのおすそ分けをもらうのだと、奥さんが言っていたから、たぶんそれだろう。

「わかった。じゃあ今から行く」

こっちに来られるより、訪問する方がずっと気が楽だ。だって、家の中ぐちゃぐちゃだもん。それに、ムギの実家がどんな感じの家なのかも、すごく興味ある。小学生の頃から友だちがいなかったから、他人の家の中ってあんまり見たことないんだよね。

場所は奥さんから聞いて知っている。リンゴは重いから自転車で行った方がいいね。

外に出ると、木枯らしが吹いていた。

商店街では、開店前の品出しの時間らしい。薬局の前では、店員が忙しそうに日用品を店頭に並べている。寂《さび》れ始めているとはいうものの、全国展開しているカフェやハンバーガーのチェーン店だけは、既に客が入っていて、そこだけが活気を帯びていた。

あたしの1DKのマンションがある商店街でも、ここと同じようにシャッターを下ろしている店がちらほらある。そういった店を更地にして新築工事が始まると、次はなんの店ができるのだろうと楽しみになる。でも実際に建ってみると、お店じゃなくてマンションだったりすることが多くてがっかりする。

ムギがいつか話してくれたけど、子供の頃はここも賑わっていて、履物屋もそれなりに繁盛していたらしい。

前方に〈小松原履物店〉と書かれた看板が見えてきた。思った以上に小さな店だった。立てつけが悪くなっているみたいで、引き戸を開けるのに力がいった。昔からの馴染み客しか来なくなったらしいけど、それでも一応は客商売なんだから、入口くらいはリフォームすればいいのにね。それでも直さないところをみると、右隣の店みたいに、そろそろシャッターを下ろすつもりなのかな。

「おはようございまーす」

声をかけながら土間を奥へ進む。

あれ？　どこまでも奥に続いてる。これが鰻《うなぎ》の寝床ってやつ？

間口は狭いけど、敷地はかなり広そうだ。

「おう、いらっしゃい」

店の奥に作業場があり、白髪頭の痩せたジーサンが胡座《あぐら》をかいて、股の間で雪駄《せった》を作っているところだった。

「草履《ぞうり》だけじゃなくて雪駄も作ってんのかしら」

「そうさ。これは上得意からの注文で八十万円の品だよ」

「げっ、八十万？　ぼろ儲けじゃん」

そう言うと、ジーサンはハハハとおかしそうに笑った。

「こんな高級品の注文は年に数えるほどしか来ないよ。それに、材料費も高いからそんなに儲かるわけじゃない。それにしても、今日の菱子さんはいつもと雰囲気が違うね」

「そうですか……違わないと思いますけどね。あっ、そっちの草履、きれいだね」

色とりどりの糸で刺繍《ししゅう》した鼻緒が並んでいる。

「ああ、年明け早々に成人式だからな」

「ここで見ててもいいかしら」

「ああ、いいよ」

ジーサンの隣に座った。あたしもこんな仕事ができたらいいなと思う。

会社に行けば、仕事そのものよりも人間関係に疲れる。

人に好かれる自信ゼロ。

だけど、ジーサンみたいな仕事だったら、一生懸命修業すればなんとかなるんじゃないかな。誰も信じてくれないかもしれないけど、手先はかなり器用な方だと思うんだけどね。

「何年くらい修業すればジーサンみたいになれるのかしら」

「ん？　ジーサンって俺のことか？」

やばい。

奥さんはジーサンのことなんて呼んでるんだろう。ムギのお父さんだから、「お義父様」とか？　げっ、そんなの、こっぱずかしくて死んでも言えねえよ。

「そうだなあ、修業期間かあ……頭を使って試行錯誤するタイプの人間だったら、こんなのすぐにできるようになるよ」

この瞬間、あたしはジーサンにすんげえ好感を持った。だって、テレビに出てくる名人芸のジーサンって、みんなもったいぶって「この道を極めるには五十年はかかる」とか言うじゃん。

「だけどな、言われたことだけしかやろうとしないタイプだったら、百年かかっても、いいものは作れない」

「あたしでも頑張ればお義父様みたいになれるかしら」

そう言ったら、ジーサンはびっくりしたような顔であたしを見た。

「女じゃ無理なの？」

「いや……そんなことはないけどね。ちょっと手ぇ見せてみな」

両手を差し出した。だけど、そこにあるのは、ぽっちゃりした小さな手だった。

「うーん、もっとでかい手の方が向いてるけど、この手でもやる気さえあればできないわけじゃないけど……」

これは奥さんの手だよ。あたしの本当の手は、男みたいにでかいんだよ。そう言いたかったけど、言っても仕方のないことだ。

「来てるの？　菱子さん」

奥の方から女の人の声が聞こえてきた。

「お茶淹れたわよ。菱子さんの好きな大福も買ってあるのよ」

やばい。あたしはアンコが大の苦手。絶対に食べられない。餅の部分だけ食べてアンコを残す方法はないだろうか。

「ちょっと休憩するか」

ジーサンが立ち上がり、土間へ降りてサンダルを履いた。

自分もジーサンに続いて奥へ進むと、中庭があった。一階は店舗と作業部屋があって、中庭を挟んだ向こう側に居間があるらしい。

幅の広い縁側には、大小の段ボールや衣装ケースなんかが所狭しと置かれている。年末の大掃除ってやつか？

そんな中に埋もれるようにして、ひとりのバーサンが座っていた。たぶんムギのお母さんだ。バーサンと呼ぶにはきれいすぎる。小股の切れ上がったいい女って、こういうおばさんを言うんじゃなかったっけ？　髪を高く結い上げて、粋な着物を着ている。

「お義母様はいつも着物を着てんのですか？」

「なんだか菱子さん……いつもと違うわね。私はいつも着物よ。どうしたの？　今さらそんなこと聞いて」

「自分で着れんのかしら」

「もちろんよ」

「すげえ。あたしも死ぬまでに一回でいいから着てみたいなあ」

「何言ってるのよ。何回も着たことあるじゃない。結婚式はもちろんのこと、実花の七五三のときとか、それに成人式の写真だって見せてくれたことあるじゃない」

そういえば、区役所から成人式の案内が届いたっけ。でも振袖も持ってないし、気後れしちゃって、とてもじゃないけど参加する勇気なし。

「ところで今日は何かあんですか？　そんな髪型して」

「何もないわよ。いつもと同じ髪型じゃないの」

「ということは毎日、美容院に行ってんのかしら」

「三日に一回よ」

「へえ、お義父様もかっこいいけど、どっこも行かねえのに普段からめかしこんでるバーサンというのもなかなか味があるね」

「菱子さん、どうしちゃったの？　そのしゃべり方は誰かの物真似なの？」

「……うん……そう」

それにしても、商店街の中にあるとは思えないくらい静かだ。この家、すんげえ気に入った。

あたしには田舎ってものはないけど、田舎に帰ったような気持ちって、たぶんこんなのだと思う。だって、夏になれば、きっと生い茂った庭木で縁側が木陰になる。そして店の戸を細く開けておくと、涼しい風が吹き抜ける。

見ると、小さな池には赤い金魚まで泳いでるじゃん。

「ところでリンゴはどこ？」

「リンゴ？　もうリンゴのおすそ分けはないのよ。毎年リンゴを送ってくださってた方が、去年お亡くなりになったから」

「じゃあ、なんであたしをここに呼んだの？　大掃除の手伝いをさせようと思ったの？」

「これは大掃除じゃないわ。いつお迎えが来てもいいように、不要品を処分しようと思ってるのよ」

バーサンは、色褪せた雑誌類を麻紐で束ねながら言った。

なるほど、ここに呼ばれた理由がわかった。不要品の中で欲しいものがあれば、持って帰れってことじゃね？　確かにお宝がたくさんありそうだ。だけど、ムギのマンションはなんせ狭いから、もらったところで置く場所がないよ。

縁側から家に上がってお茶を飲んだ。

「菱子さん、この家、どう思う？」

「どうっていうと？」

「ここに住みたいとは思わない？」

同居するってことかな？

そんなの奥さんに聞いてみないとわかんないけど、嫁っていうのは、そういうの、普通は嫌がるんじゃなかった？

「二階は何部屋あんですか？」

「六畳の和室が三つよ。忘れたの？」

老人の二人暮らしには広いかもしれないけど、二世帯同居するには狭いと思う。だって、子供たちももう小さいとは言えないし。

「今の人は、こういう時代遅れの家は好きじゃないのかしら」

古い家は大好きだよ。温もりがあって気分が落ち着く。だけど同居については、あたしが勝手に返事するわけにはいかない。

「同居っていうのは……」

「まさか、違うわよ。同居なんて私の方が疲れるわ。実はね、家を交換したらどうかと思うの。私たちが、そちらのマンションに暮らしてみようかと思うのよ。老夫婦二人暮らしなら十分な広さでしょう？　ねえ、あなた」

「俺は本当はまだまだ仕事をやめたくないんだがね」

「あら嫌だ。あなたったら、まだ踏ん切りがつかないんですか。さんざん話し合って決めたっていうのになんですか。隠居してのんびり温泉旅行をする約束でしょう？　ここに住んでるとね、庭の手入れや商店街のつきあいなんかで大変なのよ。もう私も歳だから、快適なマンションライフを楽しみたいの。菱子さん、どう？　グッドアイデアだと思わない？　店と作業場をつなげて、リビングにしちゃえば、結構広く使えるわよ」

「おいおい、仕事場までなくしてしまうのかい？」

「当たり前でしょ。あなたったら往生際が悪いわよ」

「マンションなんて、要はコンクリートのマッチ箱だろ。俺はどうも苦手なんだよ」

「やだ、あなた、何度も見に行ったじゃないの」

毎週マンションへ来ていたのは、そういうことだったのか。掃除が行き届いていないからジーサンバーサンが怒ってるなんて、奥さんも案外おっちょこちょいなところがあるね。

「なんだ、早く言えばいいのに」

「だって菱子さん、軽々しく提案するのもどうかと思ってね、なんせマンション暮らしなんて経験がないもんだから、まずは、じっくり見てから検討しないとね」

「なるほど」

「で、菱子さん、どうかしら」

勝手に返事するわけにもいかない。

「ええっと……病院に行ってムギに相談してみるよ」

「麦太郎に相談する必要なんてないわよ。女房がいいと言えば亭主はついていくしかないんだから。それが家庭円満の秘訣ってものよ」

「あのマンションはチョー狭いから、ここに住めれば子供たちも喜ぶだろうけどね」

「でしょう？」

バーサンがにっこり笑ってうなずく。

「でもさ、お義父様が仕事を続けたいってほざいてんだから、続けさせてやりゃあいいんじゃねえのかしら」

「おっ、いいこと言ってくれるね」

「もう、あなたったら」

「注文は細々とだけど来てるしな。俺の腕を見込んでくれる客がまだいるからね」

「まだまだカネ儲けできんだから、やめたりしたらもったいねえんじゃないかしら」

「いやあ、菱子さんがこんなに話がわかるとは思わなかったよ」

ジーサンは嬉しそうにお茶を啜った。

◆

土曜の午後のことだった。

ここのところ、寒い日が続いている。

子供たちに会いたいが、星見の外見のまま会いにいくわけにもいかない。もちろん函館時代の幼馴染みの千砂にも会えない。

菱子は、ひとりぼっちの昼食を簡単に済ませたあと、見たくもないバラエティ番組をぼうっと見つめていた。

あれから星見は、一日に一回は暇を見つけて赤いドレスのおばあさんを捜しに風花庭園に行ってるという。

——もしもあのババアが歳相応の地味な格好してたら、見つけられるかどうか自信ないよ。

自分にしたところで、赤いドレスばかりが印象に残り、顔はぼんやりとしか思い浮かべることができなかった。つまりそれは、服装以外には手がかりがないも同然ということだ。おばあさんを見つけられなかったら、二度と元には戻れないかもしれない。そう考えると、絶望的な気持ちになる。こうなったら気持ちを切り替えて、元に戻らない可能性があることを踏まえて生活していったほうが賢明ではないだろうか。

だって、明日には元に戻れるかもしれない、いや来週には、いや来月には、いや来年には……そんなことを思いながらずるずると十年が過ぎて行ったらどうなる？　一生を無為に過ごすことになるのでは？

子供が生まれる前は、十年先のことすら想像できなかったが、実花や真人が生まれてからは、先々のことまで具体的に思い浮かぶようになった。

身体が入れ替わるまでは、生涯設計というべきものが常に頭の中にあった。だが今は、明日のことすらわからないせいで、一瞬たりとも不安感が消えることはない。

そのとき、玄関チャイムが鳴った。

ドアスコープから覗いてみると、派手ななりをした女性が立っている。

誰だろう。

セールスなら追い返せばいいが、星見の知り合いなら困る。前準備もなく、いきなり話をうまく合わせられるわけがない。今さら後悔しても遅いが、日頃、どういった知り合いが訪ねてくるのかを聞いておくべきだった。

考えを巡らせている間も、矢継ぎ早にチャイムが鳴る。

「おい、星見、居留守使ってもだめだよ。いることはわかってんだからさ」

ものすごくハスキーな声……どこかで聞いた覚えがある。

「早く開けなよ」

ドアノブをガチャガチャと回す音。

「どちらさまですか？」

「あたくし山岸史子《ふみこ》でございます。って馬鹿なこと言わせんなよ」

「あ……もしかして、お母さん、ですか？」

「ざけんなよ、星見」

ドアを拳で叩き始めた。近所迷惑だ。

「すぐ開けますから」

慌てて施錠を解いた途端、外側からドアが勢いよく引っ張られ、チェーンがピンと張り詰めた。

「用心深いね。まっ、いいことだけどさ」

ドアの隙間から見えたのは、予想していたのよりずっと若い女だった。茶髪のロングヘアは波打っていてボリュームがある。細身のジーンズにラメ入りのチビT。そのうえに丈の短い革ジャン。小柄なので、星見のミニ版といったところだ。

チェーンを外してドアを開けると、史子は眉間に皺を寄せて顔を近づけてきた。

「あんた、本当に星見なの？」

じろじろと上から下まで眺める。「そりゃあ星見に決まってるよね。どこから見ても星見だもん。だけど……やっぱりなんか違う」

「なんか、というと？」

「顔の造りは同じでも、顔つきってものが違う」

史子は、ダイニングの椅子に腰を下ろすと、うまそうに煙草を吸いはじめた。

よく見ると、目尻に小皺もあるし、服装ほどは若くないのがわかる。とはいえ、星見が二十歳であることを思えば、四十五歳くらいかな？　でも……とても四十代には見えない。もっとずっと若く見える。もしかして本当の母親じゃないのかもしれない。だけど……よく似ている。

「何をジロジロ見てんだよ」

「若くてきれいだなと思って……」

「お世辞言ってもなんにも出やしないよ」

意外にも、褒められたのがよほど嬉しかったみたいだ。それを悟られたくないのか、無理に顔を引き締めたといった感じの複雑な表情になった。

「あのう……お母さんは何歳でしたっけ？」

「やだね、親の歳も忘れるなんて。言いたかないけど来年は四十だよ」

ということは、今、三十九歳！

なんと、自分と同い歳ではないか。

つまりそれは……この自分が中一だったときは彼女も中一で、二十五歳だったときは、彼女も二十五歳だったということだ。そう考えると、妙に親近感が湧いてきた。しかし、それと同時に、自分ならどんなに落ちぶれても、娘に金を無心したりしないとも思う。病気というのなら話は別だが……。

「お母さん、身体の調子はどうなの？」

「今日も元気だ煙草がうまい」

そう言いながら、史子は煙草を深く吸い込んだ。

「じゃあなんでお金がないの？　働いてないの？」

「おまえ、いつからそんなに偉くなったんだ？　黙って二万円寄越せばいいんだよ」

腕を振り下ろし、殴る真似をする。

「ちょっと、あなた、二十歳にもなった娘を普段から殴ったりしてるの？」

「さっきから何なんだよ、その言葉遣い苛々するよ。いつもなら叩く真似しただけでウルウルするくせに」

「えっ、本当？」

胸が締めつけられた。

星見が小さな女の子に思えてきた。幼い頃に母に甘えた覚えのない人間は、いくつになっても母に可愛がられたいという気持ちを引きずっている。短大時代の幼児教育のテキストに、そう書いてあった。普段はあんなに突っ張っているのに、星見はいまだに母の愛を求めているに違いない。

「お母さんは、コーヒーと紅茶とどっちがいい？」

史子に背を向け、薬缶《やかん》に火を点けるが、返事がない。

振り向くと、彼女はじっとこちらを見ていた。

「おまえ、やっぱり変わった。飲み物を出してくれるなんて初めてだ。上品な男でもつかまえたのかい？」

星見が会社の上司と不倫していることまでは知らないらしい。

それにしても、見れば見るほど自分とは縁のないタイプだ。仮に、小中高のいずれかでクラスメイトだったとしても、親しくはならなかっただろうと思う。

「ねえ、お母さん、たまには昼間からビールでも飲んじゃおか？」

この際だから、突っ込んだ話を聞いてみるのも悪くない。

「そういうのは、星見がいちばん軽蔑してることじゃないか」

「息抜きも必要よ」

冷蔵庫から缶ビールを出して、史子のグラスに注いでやった。

彼女は何も言わずに、口をつけた。ビールを口に含んで飲み下すと、ほんの少し表情がほぐれてきたように見えた。

「何かおつまみを作るわ」

冷蔵庫の扉を開けて見渡す。

胡瓜《きゆうり》と人参で野菜スティックを作り、柚子味噌とマヨネーズを混ぜ合わせただけのソースを添えてテーブルに出したあと、冷凍食品のシュウマイを電子レンジに入れた。

「掃除が行き届いてるね」

史子が感心したように言って、キッチンを見渡す。「それに、あんた、姿勢もよくなって、何だか堂々としてる」

芥子《からし》を添えたシュウマイの皿を史子の前に置いた。

「お前、きっといい母親になるよ。あんなに……」

史子はいきなり声を詰まらせた。「あんなにひどい育て方をしたのに……それなのに、こんなにきちんとした大人になって……ありがたいよ」

荒《すさ》みきっているように見えて、心の奥底には母親としての情が残っているらしい。

「ねえ、お父さんて、どんな人だったの？」

思いきって尋ねてみた。この先ずっと身体が元に戻らない可能性もあるのだから、なんでも知っておいた方がいい。

「なんだよ今さら。嫌な子だね」

「ちょっとだけでいいから教えてよ」

あまり酒に強くないのか、史子の頬が赤くなってきた。

「しょうがないねえ。あの人が交通事故で亡くなったのは憶えてる？　あんたまだ三歳だったけど」

「えっと……まあなんとなく……」

菱子は、椅子の背に掛けたままになっていたバッグにそっと手を入れ、ボイスレコーダーのスイッチを入れた。いつか星見に聞かせてやれる日が来るかもしれない。千砂に言ったら呆れるかもしれないが、星見に対する同情の気持ちが日に日に大きくなってきていた。なんせ実花と五歳しか違わないのだ。それに、あけすけで単純で、千砂の言う悪賢い女のイメージとはほど遠い。

果たして星見に罪があるのだろうか。

幼いときから苦労を重ねてきたのだから、きっとローティーンの頃から大人びていたのだろうと想像していたが、知れば知るほど、普通の二十歳の娘よりもずっと幼い感じがする。

「あんたの父親は北陸の小さな村の出身でね。代々村長を務めた家のひとり息子だった」

「お母さんはそこへは行ったことあるの？」

「一回だけね」

「雪深いところなんでしょうね」

「そうらしいけど、私が行ったのは真夏だったから」

「私が生まれる前のこと？」

「星見は私のお腹の中にいたよ。きれいな村だった」

史子は遠い目をした。「お父さんの実家は、錦鯉の商売をしていてね、生簀《いけす》の中に、色とりどりの鯉が泳いでいたよ。赤と白のや、金一色のもいたし、黒と白のかっこいいのも元気に泳いでた。そして、畑で採れたスイカを井戸水で冷やして食べたんだよ」

村の様子が頭に浮かんでくる。

「山の斜面にはたくさんの棚田があったよ。こっちで見かけるような、区画整理された四角い田んぼと違って、丸くてかわいいのさ。見渡す限り緑色の世界なんだよ」

「へえ、私も行ってみたい。今度連れてってよ」

「いやだよ。二度とあの意地悪ババアに会いたくないもん」

「えっ、もしかして、父方のおばあちゃんは、まだ生きてるの？」

「死んだっていう連絡が来ないから、たぶん生きてるんじゃないの？」

星見は祖母の存在を知っているのだろうか。

「小学校の先生を定年まで勤め上げた人でね」

「ちょっと待って。いったいどういう家なの？　代々村長をしているうえに、錦鯉の商売もしていて、田んぼや畑も耕していて、そのうえ、おばあちゃんは学校の先生？」

「そうだよ。なんだかバイタリティ溢れる家だったよ。だからか、自分にも他人にも厳しいばあさんだった。そんな人が、そもそも私みたいな嫁を気に入るわけがないんだ」

史子は悲しそうな目をした。菱子は、ビールをもう一缶、冷蔵庫から出してやる。

「自慢の息子だし、できちゃった婚だし、私は高校中退してホステスやってたし、どれをとっても、許せなかったんだろうね」

「どこで知り合ったの？」

「たまたま同じアパートに住んでたんだよ。あんたのお父さんは犬好きでね、大家の飼っている秋田犬の朝の散歩を買って出たんだよ」

「それで？」

「実は私も犬が大好きでさ。あとは秘密」

史子は照れたように笑った。

史子の話をまとめると、史子は十九歳でできちゃった婚をしたらしい。そのとき夫はまだ大学院生だった。星見が三歳のときに夫が事故死。史子自身はもともと身寄りがないらしく、夫の両親が史子母子を心配して、夫の故郷で暮らすように勧めてくれたが、史子はきっぱり断わったらしい。

「あのばあさん、口では親切そうでも、実は私のこと嫌ってるのが見え見えだったし、インテリでいつだって説教口調だし、ともかく苦手だったんだよ」

「後悔してる？」

「人生がこんなに厳しいとは思わなかったからね。転落人生ってやつだよ。パートや生活保護でなんとか飢え死にせずに生きてきたけどね。おまえには悪いことした」

「そんなことないわよ。身寄りのないお母さんが、それも二十二歳の若さで三歳児を抱えて生きていくなんて、土台厳しいのよ。よく頑張った方だと思うわよ」

そう言うと、史子の目に見る見るうちに涙の膜が張った。

「こんな母親でも許してくれるのかい？」

「もちろんよ」

母親というのは、自分の子育てを振り返っては反省し、後悔し、一生涯その罪を背負って生きていくものだ。だけど、振り返ってばかりでは自滅してしまう。

「そんなことより星見、こんなところに父親の形見を隠してたなんて、長い間気づかなかったよ。こんな男物の茶碗を置いてちゃ男が寄って来ないよ」

母親は、食器棚を指差して言った。

「形見？」

どうやら夫のために用意された茶碗ではなかったらしい。

その数日後のことだった。香織の彼が交通事故で亡くなった。ひとりで車を運転中、猫が飛び出してきたのを避けようとして、電柱に激突したという。その日以来、彼女は会社を休んでいる。

今日の夕方、通夜が行われるというので、茉莉子先輩と一緒に会社帰りに参列することにしていた。故人に会ったことはないが、ランチタイムの話題の中心人物だったので、勝手に親しみを覚えていた。

葬儀会館に着くと、茉莉子先輩と二人で香織を捜した。プロポーズされたのを喜んでいた彼女のことが心配だった。

「いないわね。あまりのショックで来られなかったのかしら」

「亡くなったのを認めたくないから来ないとか？」

「あり得るわね。でも、香織のことだからもう帰ったのかも」

お焼香に来たとしても、親族ではないのだから長居はしないだろう。控え室には寿司やビールが置いてあるが、そこで飲み食いする気分ではないだろうから、さっさと焼香を済ませて帰ったのかもしれない。

「私たちもお焼香して帰りましょう」

茉莉子先輩に言われて、受付を済ませる。

会場に入ると、真っ先に遺影が目に飛び込んできた。テニスか何かをしているときに撮った写真だろうか。

白いポロシャツ。陽に灼けた笑顔からこぼれる健康そうな白い歯。

あまりに若すぎる死だった。

焼香の列に並んだとき、茉莉子先輩に脇腹を肘で突かれた。

――なんですか？

声には出さず、先輩を見た。

――ほら、あそこ。

先輩も声には出さず、口だけを動かす。

先輩が指差す方向を見て驚いた。親族の席に香織が座っていたからだ。茉莉子先輩はいかにも納得したというようにふんふんとうなずいている。

籍も入ってないというのに、まるで未亡人のようだった。世間に認められた交際というのはこういうものなのだ。

星見が見たらどう思うだろう。

もしも夫が死んだら、あの席には妻や子供が座るのだ。愛人というものは、葬式に来ること自体を遠慮しなければならない。遺体に取りすがって泣くこともできないし、最後のお別れも言えない。

いや、そんなことは星見にとって、どうでもいいことかもしれない。

そのとき、香織が目の辺りをハンカチで押さえて、隣の女性の肩に顔を埋めるのが見えた。嗚咽《おえつ》が止まらないのか、背中が震えている。その背中を撫でているのは彼のお母さんだろうか。

帰りがけに茉莉子先輩に誘われて、駅前のカフェに入った。

温まりたい気がして、ココアを注文した。

★

「あそこじゃないかしら」

あたしは、小声で真人に教えてやった。

三上先輩の家は、角《かど》っこにある小さなスーパーマーケットだった。〈スーパー三上〉の店先には、魚の入った発泡スチロールがいっぱい並べてあって、道路にまではみ出している。野菜や果物に比べて魚が多いところをみると、元は魚屋だったのかもしれない。

夜八時を過ぎたっていうのに、店仕舞いをする気配は全然ない。それもそのはず、自動ドアに、〈AM10時~PM11時まで営業〉と書かれている。

店頭で忙しく立ち働いている筋肉質のおじさんが、三上先輩のお父さんだろうか。脂っけのない白髪まじりの角刈りに、緑色のエプロンをしている。

三上先輩がロクでもない野郎だっていう証拠を今日こそつかまなければならなかった。そして、それを実花に突きつけるのだ。そうしなければ、実花がどんどん深みにはまっていく気がして仕方がない。

あたしの知る限り、男というのは本気で惚れた女にはカネをせびったりしないもんだ。明日のご飯も食べられないというんならともかく、どうせ遊ぶカネ欲しさに決まってる。

「準備しとこ」

そう言って、真人がリュックからデジカメを取り出した。

「真人、すげえいいカメラ持ってんじゃん。それ、どうしたのかしら」

「また忘れたの？　これは去年の誕生日に、おじいちゃんが買ってくれたんだよ」

「ああ……もちろん覚えてるけど……それにしても、ずいぶん大きなレンズだね」

「これは三百ミリの望遠レンズだよ。これさえあれば遠くもばっちり。決定的瞬間が撮れるといいんだけどね」

「小学生のガキにくれてやるにしては、高いプレゼントじゃないかしら」

「将来カメラマンになりたいって言ったら買ってくれたんだ」

小学生の言う〈将来〉なんて、あてにならない。それなのに、そんなたわいもない子供の言葉に耳を傾けてくれる大人がいる幸せを、真人はわかっているだろうか。あたしは子供の頃、〈買って欲しい〉という言葉を自分に禁じていた。お母さんの財布の中身を考えると、間違っても口に出せる言葉じゃなかったから。

「ママ、裏側からも見てみようよ」

真人が信用金庫の前に自転車を停めた。二人して、何食わぬ顔で〈スーパー三上〉の前を通り過ぎ、角を曲がる。角地にあるから、家の横顔全体がよく見渡せた。

たぶん、店の奥が居間と台所で、二階には部屋が三つくらいある。

「きっとあそこが三上先輩の部屋だよ」

真人が指差した二階の奥の部屋から、明かりが漏れていた。

「どうしてわかんの？」

「窓のところにＡＫＢのポスターが貼ってあるじゃん」

「お兄さんか弟の部屋かもしれないよ」

「あの人はひとりっ子だよ。ママ、ほんと忘れっぽいね」

真人は、三上先輩について、ある程度の情報を持っていた。ちょっと前までの実花は、ざっくばらんにやつのことを家で話していたという。

あの夜以来、実花は夜に外出することはなくなった。だからといって安心なんかしていられない。だって、マスカラをつけることも、柑橘系のコロンの香りを振りまくことも一切なくなったからだ。

それって、怪しすぎる。あたしを欺くための策としか思えない。

そして極めつけはケータイ。なんと、あたしの前ではメールを打つことがなくなった。ついこの前までの実花は、食事中もトイレに行くときも、ケータイを肌身離さず持っていて、頻繁にメールを打っていたっていうのに。

このまま放っておくのはやばい気がした。だから徹底的に調査してやろうと決意したんだ。

そして昨日、子供たちが学校に行っている間に、実花の部屋に忍び込んだ。三上先輩の住所を突き止めるためだ。

さあてどこから探そうかと部屋の中を見渡した途端、やつの住所が目に飛び込んできた。学習机の真正面のボードに、やつから届いた年賀状がピンで留めてあったからだ。

「真人は三上先輩にツラ割れてんのかしら」

「割れてないよ。それより最近のママ、言葉遣い悪すぎだよ」

「ごめんごめん。おわびに何かお菓子買ってあげる」

真人とともに店に入った。

店の中は、人ひとりがやっと通れるような細い通路が二本あるだけの狭い店だった。

そんな中に、溢れるほどたくさんの商品が並べられている。

お菓子売り場の前に立ってお菓子を眺めてみたけど、売り場面積が小さいせいで、品揃えは中途半端だった。

「ないみたい」

真人がっかりしたようにつぶやいた。

彼の好きなたけのこの里もなければ、あたしの好きなじゃがりこも置いてない。仕方なさそうに真人がきのこの山をカゴに入れたので、あたしはポテロングにした。

駅近のせいか、客の出入りは多かった。会社帰りのサラリーマンたちが、ひとり暮しにはちょうどいいと思われる小さな惣菜のパックを買っていく。

「村田さん、惣菜の棚が寂しくなってるよ。追加してちょうだい」

レジのところから、おばさんが大声を張りあげる。

「はいよ」

そう言いながら、惣菜の棚を確認しに中年の女が奥から出てきた。

「奥さん、儲かってるね」

初老の女性客が、レジのおばさんに声をかけるのが聞こえる。

奥さんと呼ばれているところをみると、このレジのおばさんが、三上先輩のお母さんのようだ。

「全然だめよ。駅の反対側に大型スーパーができたでしょう。あれ以来、客足が遠のいちゃってさ」

「疲れた顔してるね。ちっとは息子に手伝わせればいいのにさ」

女性客は近所に住んでいるのか、三上家の家族構成を知っているようだ。

「ほんとほんと、猫の手も借りたいっていうのにさ」

そう答えたのは、惣菜の棚の品出しを頼まれたおばさんだ。

「今どきの子供が家の商売を手伝ったりするもんか」

商品を並べなおしていたお父さんが、吐き捨てるように言った。

「そんなことないだろ。サラリーマン家庭と違って、航太郎くんは毎日あんたたちが苦労してるとこ見てるわけだからさ」と初老の女性客。

「親の背中を見て育つなんて、遠い昔の話なのよ。この商店街で、店を手伝ってる子供なんて見たことないもの」とお母さん。

「そうはいっても、あんたたちの忙しさは嫌でも目に入ってくるじゃないか」

初老の女性客が食い下がる。

「目には映っても何も感じねえんだよ、それが今どきのガキってもんだ」とお父さん。

あたしだったら手伝いたいよ。羨ましい。あたしもこんな賑やかな家に生まれたかった。だって、いつでもお父さんとお母さんが家にいる。そして、お父さんもお母さんも一生懸命働いている。

健康で、文句言いながらも明るくて……。

寂しくてたまらなかった子供時代……。

誰もいない静まり返った家の中……。

幸せな環境の中にいることを、どうして三上のバカタレはわからないんだろう。

そのとき、店の奥からバカタレが出てきた。ゆっくりとした足取りであたしのすぐ前を横切る。

溜息が出るほど完璧に整った横顔。至近距離で見ると、妙に哀愁を帯びていて、少女を虜にしてしまうのがわかる気がした。流行りのメッセンジャーバッグを斜めがけにして、髪型がキマッているところを見ると、これからどこかへ出かけるのだろう。

真人に眼で合図をして、レジに急ぐ。見失ったら、ここに来た意味がなくなる。

ラッキーなことに、レジには誰も並んでいなかった。

「二八四円になります」

レジにいた母親が営業用の高い声を出す。三上先輩が黙ったままレジの前を通り過ぎようとしている。

「航太郎、ちょっと待ちな。こんな時間にどこに出かけるんだい」

お母さんが、レシートと釣銭をこちらに差し出しながら顔をしかめた。

「浅井の家で試験勉強だよ」

「勉強道具も持たずにかい」

「遊びに行く暇があったら店番しろよ。まだ俺たち晩飯も食ってないんだぞ」

お父さんが息子の背中に呼びかけたけど、三上先輩は聞こえないふりをして、さっさと店を出て行ってしまった。

駅前に着くと、三上先輩は繁華街をぶらぶらと歩き出した。

「あそこのパチンコ屋に入るかもよ。真人、写真頼むよ」

「まかせといて」

期待を込めて三上先輩の後ろ姿を見つめた。

なのに……あー残念。

パチンコ屋の前を通り過ぎてしまった。実花が大切に貯めてきたお年玉を、すんげぇつまんねぇことに使いまくるとこを写真に撮りたかったのに。

彼は、ポケットからケータイを取り出し、親指を忙しく動かし始めた。そのとき、「航太郎、こっちこっち」と、彼を呼ぶ甲高い声が前方から聞こえてきた。

真人がとっさに柱に隠れてカメラを構える。見ると、デジカメ画面は二人のアップをしっかり捉えていた。

「あの女の人が本命なのかな。ママ、どう思う?」

「げっ、すんげぇ美人」

少なくともファッション誌の読者モデルくらいにはなれそうな女だった。

真人はシャッターを押しまくった。さすがにこれだけ距離が離れていると、二人は写真を撮られていることには気づかないようだ。

二人は肩を寄せ合ってビルの中にある映画館へ入って行く。

「真人、急げ」

あたしと真人も続いてロビーに入り、映画のパンフレットが並べてあるラックの前に立った。パンフレットを一枚手に取って読むふりをしながら、チケット売り場の窓口へ向かった二人を観察した。

「私、この席がいい」

甘え声は、あたしのところまで聞こえてきた。財布からカネを出したのは、三上先輩だった。

「あのお金、お姉ちゃんが貯めたお年玉なのかな」

真人が口惜しそうに言う。

「たぶんね」

二人は売店に移動し、飲み物とホットドッグを二つずつ買った。あのバカタレが気前よく自分の財布から払ってやがる。

「どうやったら、お姉ちゃんのお金を取り返せる？」

「あきらめな。カネっていうのは、一旦他人に貸したら二度と戻って来ないと思った方がいい」

そう言うと、真人は不思議そうにあたしを見上げた。


日曜日。

ムギの着替えを紙袋に詰めた。今日は奥さんも病院へ来る予定だ。

「実花たん、あたしはこれからパパの病院に行ってくるよ」

ドアの前で声をかけたけど返事がない。

「実花たん、いるんでしょう?」

ノックしても返事がないので、ドアを開けてみると、実花はヘッドホンをつけたまま鏡に見入っていた。物思いにふけっていたのか、驚いた顔で振り返り、慌ててヘッドホンを外した。

「今からパパの病院に行ってくる」

「ああ……行ってらっしゃい」

そう言いながら、ヘッドホンをまたつけようとしている。

「テスト前じゃなかったっけ? おまえ、勉強は大丈夫かしら?」

よく言うぜ、あたし。

思わず自分に突っ込みを入れたくなる。自分の中学時代を棚に上げて、まったく恥ずかしいよ。

でも、もしも中学時代に戻れたなら、あたしは必死に勉強しようと思っている。自分が馬鹿なのは、もしかしたら生まれつきじゃないかもしれないと思うようになったからだ。だって、ムギが教えてくれたパスタの製造過程や小麦粉の種類を覚えることができた。自分にも暗記ってものができるんだと生まれて初めて知ってびっくりした。

そして、自分のことを、何をやってもダメな人間だと思うようになったきっかけに思い当たった。クラスでただひとり、九九がなかなか覚えられなかったことだ。考えてみれば、あのとき、お母さんがめちゃくちゃ荒れていたときで、目を離したら大変なことになる予感がして、学校を休みがちだった。

「全科目満点取るくらいの気持ちで頑張った方がいいんじゃね？　かしら」

過去に勉強を頑張ったことなんて、あたしはただの一度もない。十代を無為に過ごした。だからこそ、大人になってからの後悔の大きさが身に沁みている。

「ママ、どういう心境の変化なの？　この前まで言ってたことと全然違うじゃない」

「そうだっけ？　あたし、なんて言ってた？」

「女の子は無理しなくていいって。どうせ結婚して主婦になるんだから、勉強はほどほどでいいって」

へえ、意外。あの奥さん、そんなこと言ったの？　信用できるのは自分だけだってこと、いい歳してわかってないんだね。

「死に物狂いで勉強した方がいいよ。だってその方が将来のためだもん」

あれ？　将来？　あたしったらまるで胡散臭い大人じゃん。

何かっつうと、将来将来って言う大人って、もしかしてあたしと同じ、後悔の塊だったわけ？

「ママ、親の方針がころころ変わるのって、子供の心の成長に良くないらしいよ」

「うるせえわよ。それより、実花たん、今日はどこに行くのかしら」

「えっ、どこって……私は別に……」

実花は、宙に目を泳がせた。試験前だからどこにも出かけないよ、と平然と嘘をつくほどのワルには、まだなっていないようだ。

「正直に言いなさい」

「ママ、ちょっとだけなの。ほんの三十分。約束があるの」

「誰と？」

実花は答えず、大事そうにバッグを胸に抱えた。

「実花たん、ちょっとそのバッグの中、見せてみな。さい」

「いやだよ」

「親に見られたら困るようなものが入ってんのかしら」

「そうじゃないよ。だけどいくら親でも子供の鞄の中まで見る権利ないよ」

「またカツアゲされに行くってことか」

図星だったのか、実花は目を逸らした。

子供にもプライベートがあるなんて、わかったようなことを言う大人がいるけど、お母さんがもっとあたしに関心を持ってくれていればどんなに良かっただろうかと思う。上級生からのカツアゲやクラス内でのイジメに気づいてほしかった。そして守ってほしかった。といっても、うちのお母さんなら、気づいても守ってくれたかどうかはわからないけどね。

「どうして言われるままにカネ持って行くわけ？」

「だって三上先輩のお父さんが病気で家計が大変らしいの。高校も辞めなきゃならないかもしれないって」

「バイクの次は病気かよ」

「ママ、そんな言い方ひどいよ。かわいそうだよ。病気の人に対して……」

「そんなの全部嘘に決まってんじゃありませんか。あいつのオヤジは健康そのもの。夜遅くまで店で働いてますよ」

「ママ、まるで見てきたみたいな言い方して」

「だって見てきたんだもーん」

あたしは、ここぞとばかり、真人が撮った写真を見せた。そこには、店先で忙しく働くお父さんが写っている。背景にちゃんと〈スーパー三上〉の看板を入れているところなんて、さすが真人だ。

「この人が本当に三上先輩のお父さんかどうかわからないじゃない。こんな写真デタラメだよ」

口ではそう言いながらも、ショックを隠しきれない顔で写真を見つめている。「三上先輩はそんな人じゃないもん。優しい人なんだよ。会うたびに高校受験、頑張れって励ましてくれるんだよ」

「あのね実花たん、遊びまわってる男に勉強頑張れって言われて喜ぶ女って、どんだけ馬鹿なのかしら。どうせ言うなら、僕も頑張ってるから君も頑張れっていうのが、いわゆるセーシュンてやつじゃねえのかしら。だいたいさ、本気で惚れてる女にカネ出させたりする男がいるかしら。それも、中学生に、だよ」

実花は反論しなかった。黙って机の一点を見つめている。

この写真だけで、彼の不誠実さをわかってくれるなら、あたしも助かる。できれば、美人とのツーショット写真は見せないで済ませたい。

もしもあたしが中学生のとき、ロクでもない男どもではなくて、真面目な男の子とつきあっていたならば、あたしの人生も大きく違っていたかもしれない。思い出してみると、ああいうのが人生の岐路ってやつじゃね？

「ところで実花たん、お年玉は全部使ってしまったんだよね？」

「あ……」

「怒らないから正直に言いなさい。今日、三上のバカタレに渡そうと思ってたカネの出どころは？」

カネのことは、絶対にうやむやにしたらダメだ。悪の世界の入口に直結してんだから。

「ママ……ごめんなさい」

「どこから盗《と》った？」

「ママのバッグの中の封筒」

「ああ、あれね」

あたしは奥さんのバッグを開け、封筒を取り出した。

「一、二、三……」

声に出して数えてみる。確か三十万円入っていたはずだ。

二枚足りねえよ。

「大東亜製粉は業績が落ちてるから、うちの家計も苦しいんですのよ」

「えっ、本当なの？」

実花は驚いた顔であたしを見た。それを見たあたしは驚いた。幸せな家庭の子供って、家の経済状態を知らずにいるもんなの？　あたしなんか小学生の頃から詳しく知ってたけどね。中三にもなれば、そういうことも知っておいた方がいいんじゃね？

「実花たん、ここに入っていた三十万は何に使うカネだと思う？」

「たぶん……それはママのへそくりで……ママの洋服かバッグか……」

あの奥さんが、そんな贅沢するわけねえじゃん。今どきのガキって、どこ見てんだよ。

「これはうちの三ヶ月分の家計費だよ。精いっぱい節約して暮らしてんだからね」

奥さんがあたしに説明してくれたことをそのまま言った。

実花が暗い目をしてうな垂れた。

その様子を見て、あたしはいいことを思いついた。節約してるってことで、今日からおかずは一品だけでいいんじゃね？　だって、料理が苦手なあたしにとって、夕飯作りは地獄の苦しみなんだもーん。

「実花たん、パパはね、家族のために一生懸命働いているんですのよ。そんな大切なカネを、ロクでもねえ男に渡したりするのは、もうやめなさい」

「うん……ごめんなさい」

実花はぽろりと涙をこぼした。

言ってよかった。

まだ間に合ったんだね。

実花たんのハートはまだ柔らかかった。

◆

その頃、菱子は地下鉄に乗って病院へ向かっていた。

日曜日の昼下がり。

車内は空いている。

向かいに座っている夫婦は、六十歳過ぎくらいだろうか。妻が旅行会社のパンフレットを指差してフフフと笑うと、夫はメガネをずり上げて、妻が指差したところを覗き込んでハハハと笑った。

二人とも目尻に小皺はあるものの、色艶の良い肌をしていて健康そうだ。本格的に老いるまでにはまだ何年もの猶予がある。いわゆる定年退職を迎えた団塊の世代と言われる人たちだろう。最近は美術館や映画館で、こういった友だち関係のような夫婦を見かけることが多くなった。

自分も、ついこの前までは穏やかで楽しい老後を思い描いていた。子供たちが独立したあと、夫婦で旅行をするつもりだった。それは、ほんのささやかな夢だったはずだ。いや、夢というには大げさすぎて、単なる予定といった方がよいようなものだ。それなのに、それさえも消え去ってしまった。

身体が元に戻ったとしても、夫と一緒に暮らしていく気にはなれない。しかし、何の資格も技術も持たない自分は、離婚後どうやって食べていけばいいのだろう。このままでは親権を夫に奪われてしまうかもしれない。

結婚して十五年、主婦の座に不安を抱いたことなど一度もなかった。なぜなら、それが〈夫の愛〉という不確かなものの上に、ようやっと成り立っているということに気づいていなかったからだ。

十代の頃から、結婚が人生のゴールのように思っていたから、成績もクラスの真ん中あたりで十分だと思ってきた。だから、それほど内面を磨く努力もしてこなかった。今思えば、高校生の頃から、いや、中学生の頃から、しっかりと人生の地盤固めを考えておくべきではなかったか。いざというときに、ひとりでも食べていける職業を確保しておくべきだった。

もともと大それた夢も持っていなかった。平凡に暮らせればいいと考えていた。だから、子供たちも成長し、自分の時間ができたというのに、目先の日常をこなすことばかりに目を奪われていた。主婦という立場がこんなに簡単に揺らぐものだとわかっていたなら、目標を決めて努力すればよかった。

だって人生八十年だとしたら……あと、四十年もある。

いや違う。そんな暇なんかなかった。毎日が目が回るほど忙しかった。決して怠けていたわけじゃない。しかし……人生が思った以上に厳しそうだと気づいた今、そんなのは言い訳にしかならない。

お金が欲しい。経済力を身につけたい。そのためには、就職に有利な資格の取れる専門学校に通いたい。だけど、学校に通うためにはお金がいる。つまり、身体が元に戻って離婚したら、まず学費を貯めるところからスタートしなければならない。

ああ、途方もなく時間がかかる。

学費なんて貯まるわけがない。時給いくらかのパートでは子供二人を養えるかどうかさえ危うい。自分の学費どころか、子供の学費さえ準備できそうにない。

もっと稼げる仕事に就きたい。だから、何か資格があれば……だけど資格を得るにはお金がいる。

ああ、堂々巡り。

やっぱり先立つものがないと話にならない。

だったらもういっそのこと、星見の身体のままの方が……。

そう思い至り、愕然とした。

電車を降り、重い足取りで、夫が入院している病院へ向かった。

正面玄関の自動ドアの前で深呼吸する。今日は夫の本性を見ることになる。妻と愛人が同時に見舞いに来たとき、夫はどういった態度を見せるのだろう。

総合病院の中は、消毒液の匂いがした。広いロビーに黒いソファが何列も並べられていて、薬の順番を待つ患者たちが、番号の書かれた電光掲示板を見つめている。その片隅に、そっと腰を下ろした。

女の自分にはよく理解できないが、夫というのは妻に捨てられるのを本気で恐れていると聞く。それが本当だとすれば、妻の前では愛人を邪険に扱うのではないだろうか。追及しても、たぶん最後までシラを切り通すだろう。男とは不思議なものだ。稼ぎがあるのだから、ほかに好きな女ができれば、家庭を捨てて自由に生きていけばいいものを。

いつだったか、夫の方が夢中なのだと星見は言った。しかしそうは言っても、夫の歯ブラシまで用意している。夫が星見のことを、「こんな女は知らない、関係ない」などと言えば、彼女はショックを受けるに違いない。

結局、夫は両方の女を貶《おとし》める。

そして女は二人とも人間不信に陥る。

――きっと菱子のダンナは、愛人の目の前で妻を選ぶよ。そのことで菱子は満足すべきなんだよ。

幼馴染みの千砂はそう言った。

――絶対に別れちゃだめ。結婚っていうのはね、食べていくための手段に過ぎないんだよ。割り切らなきゃ。

千砂の声に迷いはなかった。苦い経験から生まれた言葉だからだろう。

しかし、何度考えてみても、自分にそんな割り切り方はできない。

千砂自身ができなかったように……。

そして、きっと離婚したあとで後悔するのだろう。

千砂自身がそうであったように……。

待ち合わせの時刻はとっくに過ぎているというのに、星見はなかなか現われなかった。

何度目か時計を確かめたとき、携帯にメールが届いた。

『わりぃ。今電車乗ったとこ。実花に説教してたら遅くなった』

実花に説教？　思春期の子供に、トンチンカンな説教などしていないといいのだが。

これ以上待つのも手持ち無沙汰だ。ひとりで夫の病室へ行ってみることにしよう。

夫のベッドは、ドアを入ってすぐのところだった。病室には夫しかいなかった。向かいは空きベッドで、窓際の二つは検査室にでも行っているのか、空っぽだった。

「おお山岸、来てくれたのか」

片方の脚を天井から吊っている夫は、顔だけをこちらに向けて、嬉しそうに言った。

「こんにちは」

夫の顔を見るのは、星見の部屋にのこのこと現われた、あの夜以来だ。

「もう会社を辞めてしまうんじゃないかと思って心配してたんだよ」

「私が会社を辞める？　どうして？」

「だってあの夜、俺をマンションから追い出したろ」

不倫を清算するときは、女の方が会社を辞めて当然ということか。派遣とはいえ、この就職難の中、辞めたら食べていけなくなる。不倫ぐらいでいちいち会社を辞めてなんかいられない。

「まあ座れよ」

勧められるまま丸椅子に腰を下ろす。

夫の表情は、家庭で見慣れていたものとは異質のものだった。幼かった頃の実花や真人を見るときのような、慈悲深ささえ感じられる微笑みだった。こんな表情で自分を見てくれたことなんか一回もない。そう思うと、悲しみと怒りが一度に突き上げてきた。

冷静にならなければいけない。今日はどうしても聞いておかなければならないことがある。しかし、星見になりきって演技しようと思えば思うほど、どうにも顔が強張ってしまう。

「退院したら、また山岸の部屋に行くよ」

夫の言葉が胸を抉《えぐ》る。目の奥にじんと痺れるような感覚が走った。

「前から聞きたいと思ってたんだけど、私のどういうところが好きなの？」

知りたいけど知りたくない、聞きたいけど聞きたくない、そんな複雑な思いは今も変わらない。だが、今日は真実を知る覚悟で来た。そうしないと、再出発の踏ん切りがつかない。

「好きなところ？　答えにくいなあ……」

照れているのだろうか。苦笑しているように見えるが。

「具体的に言ってみてよ」

「うーん……悪いけど……実はあんまり好きじゃない」

「えっ？」

「正直言って疲れてきた。俺が一生懸命なのに空振りばっかりでさ」

夫の方が積極的だという星見の話は本当だった。若い女に強気で迫る夫の姿など、想像するのさえ難しいと思っていた自分は、どこまでおめでたい人間なのだろう。

結婚前の夫は、「あんまり好きじゃない」などという嘘で女を焦らせて、恋の駆け引きを楽しむような器用な男ではなかった。十五年という歳月は、夫から純朴さを露と消し去り、いやらしい中年男に変えてしまったらしい。こういうのを世間では、大人の男と呼ぶのだろうか。

「そもそもの始まりが、俺のとんでもない自惚《うぬぼ》れだったかもしれないな」

自惚れとは？

例えば——この女、どうやら俺に惚れてるみたいだ——と思ったとか？　だとしたら、星見は相当思わせぶりな態度をしたのではないだろうか。だが、星見という女は、知れば知るほど駆け引きなどしないあっさりしたタイプに思える。それとも、男の前ではがらっと態度が変わるのか。

「もうひとつ聞いていいかしら。あなたの奥さんは、どういう性格の人なの？」

「カミさんの性格？　うーんと、そうだな……真面目で何ごとに対してもきちんとしているから、家のことも子供たちのことも任せられる。要は、信頼に足る人間だ」

愛人の目の前で、妻を堂々と褒めるとは……。

嫉妬心を駆り立てるために、こまごまと計算しているのか。

「じゃあ、奥さんの嫌なところは？」

「そうだなあ。強いて言えば、『無理しないでね』って頻繁に言うところかな」

「どうして？　残業の多いダンナさんの身体を心配して言ってるんだと思うわよ」

「それはわかってる」

「優しさから出た言葉じゃないの」

「だから、そんなことはわかってるよ」

「だったら……」

「今の世の中、無理しないで食っていけると思うか？」

絶句した。

黙って見つめているのを同意していると取ったのか、夫は続けた。「だろ？　一緒に働いていると、それがわかるだろ？　だけどうちのカミさんみたいに主婦やってると、世の中がどれくらい厳しいかが、わかってるようでわかってないんだ」

「そんな……」

「でも、いいんだ。夫婦といえどもわかり合えなくて当然なんだ。同じ職場にいるわけじゃないんだから仕方ないさ」

夫は寂しそうに笑った。

「奥さんにも職場のことをもっと話して聞かせてあげればいいじゃないの」

「話しても心配させるだけだし、それに夫婦だからといって何から何まで知っておく必要もないんじゃないかな。こっちだって、カミさんのパート先でのつらさや、家事や近所づき合いの大変さを聞かされたところで、頭ではなんとなくわかっても実感できるわけじゃないからお互い様だよ」

そのとき、ドアをノックする音がした。

「わりぃ、わりぃ。遅れちゃって」

言いながら星見が入って来た。

菱子は、急いで夫の表情を盗み見た。それまでの穏やかな表情が、一瞬にしてどう変わるのか。

驚愕だろうか、それとも恐怖の表情か。

しかし——。

驚いたことに、夫の表情は変化しなかった。妻と愛人がかち合う場を、うまくごまかせる方法を心得ているとでもいうのか。

「紹介するよ。営業部の新人の山岸星見さん、こっちはうちのカミさん」

「あの……初めまして。山岸です」

菱子は立ち上がって頭を下げた。

「あっ、どもども」

首を前に突き出すことが、星見にとってのお辞儀らしい。立ち居振舞いがまるで男子高校生みたいで、主婦というには違和感がある。まさか、ＰＴＡでもこんな調子だとか？　そう考えると不安になってきた。

「これ、お見舞いです」

菱子はシュークリームの箱を星見に差し出した。

「おっ、あんがと。気が利くじゃん」

学童クラブのパートでも、その言葉遣いのままとか？　いや、まさか。いくらなんでも、もう少し常識的に振る舞ってくれているはずだ。目立たないようにとあれほど念を押してあるのだから。

夫はと見ると、相変わらず機嫌の良さそうな顔をしている。いったいどういう神経をしているのだろう。

「ねえ奥さん、じゃなかった。えっと……山岸さん、あんた饅頭好きかしら？」

星見はそう尋ねながら、作りつけの棚の中から菓子折を出してきた。

「お饅頭、ですか？　ええ……まあ一応」

「こいつがじじくせえもんだから、見舞い客が饅頭ばっか持ってくんですよ。たまにはドーナツくらい持って来いっつうんですけどね」

「おいおい、なんだよ、その言葉遣いは。うちのカミさん、最近ちょっと変なんだ。よかったら山岸くん、食べなさい。立て続けに和菓子をもらってね。ほら、内臓の病気じゃないから何を食べてもいいっていうと、こういうのが多くてさ。食べきれないんだ」

「じゃあ……ひとつだけ」

どうも調子が狂う。

今日は、夫の本性を目の当たりにすることによって、夫に訣別するために来たのだ。そしてそれは星見にとっても同じ結果をもたらすはずだった。みっともなくうろたえる夫の姿を見て、女は二人とも夫を軽蔑し、別れを告げるという筋書きを、自分は考えていたのだが……。

——こんなに忠告しても、それでもどうしても離婚するって言うんなら、消化不良はダメよ。

千砂は言った。

——最後に言いたいことをぶちまけなさい。口汚くダンナを罵ってもいいわ。洗いざらいぶちまけるの。ほんのささいなことでも、何年も前のことでもいい。恨みがましいと思われたってかまわない。人格を疑われたっていいの。

千砂は、最後まで何も言わなかったという。あとで自分が惨めな気持ちにならないようにと、修羅場を避けたらしい。そのときはそれが賢明な策だと思っていたらしいが、そのせいで、離婚後何年経っても心の中のモヤモヤが消えないのだという。

そのとき、ドアが小さくノックされた。

「失礼します」

入って来たのは石黒だった。

「おっと、山岸さんも来てたのか」

それが自分のことだと、一瞬遅れて気づく。

「あ……こんにちは」

菱子は会釈した。

「あんたもひとつ食えばどうかしら。まっ、たいしたもんじゃないけど」

星見が石黒に向かって、菓子折を差し出す。

「僕、甘いもの苦手なんです。それに……その黒糖饅頭は、おととい僕が持って来たものでして……」

石黒が遠慮がちに言った途端に、星見は弾けるように笑った。

「ごめんごめん。たいしたもんじゃないなんて言っちゃって。嘘、嘘、結構うまいんじゃねえかしら。ムギもうまそうに食ってましたから。あたしアンコ食べられないから本当はわかんないけど」

星見が一生懸命言えば言うほど、石黒の顔から笑みが消えていく。

「課長、あの……こちらの方は?」

石黒が、恐る恐るといった感じで尋ねる。

「これは、うちのカミさん」

「えっ? あっ、奥さんでしたか、それはそれは……へえ」

驚きを隠せないといった感じで、星見をちらちらと見る。

「よろしくね」

大口を開けてシュークリームにかぶりついていた星見は、口をもぐもぐさせながら言った。

「初めまして。僕は石黒と申します。課長にはいつもお世話になりっ放しでして。山岸さんも奥さんにお礼言った？」

石黒がこっちを見た。

「え？　ああ、あの……いつも……お世話になっております」

仕方なく星見に向かって頭を下げる。

修羅場になるはずだったのに、石黒の突然の出現でうやむやになってしまいそうだった。

「僕たちのせいで、いつもご主人の帰りが遅くなってしまって、本当にすみません」

なんのことだろう。

星見は返事もせずに、ペットボトルの緑茶をぐいぐい喉に流し込んでいる。

「なんのことを言ってるの？」

石黒に変に思われるのを覚悟で、思い切って尋ねてみた。

「何って……週に二回も山岸さんのマンションで、小麦粉や加工製品の知識を小松原課長に教えてもらってただろう。そのことだよ」

「ああ……あれね」

もしかして、自分はとんでもない誤解をしてた？

「夏休みまで返上して知識を叩き込んでもらいました。というのも、僕たち正社員になれるかどうかの瀬戸際なんです。課長のお言葉に甘えてしまって」

「そんなこと、いいの、いいの、石黒ちゃん」

星見が答えた途端、夫が噴き出した。

「なんだ、菱子がこんなにあっさりわかってくれるとは思わなかったよ。こんなことなら最初から言っておけばよかったな」

「え？　課長は奥さんに内緒にしておられたんですか？」と石黒。

「だって山岸も一応は女性だろ。だから変に誤解されるのもつまらないと思って」

「まさか。奥さんがそんな誤解、なさるわけないじゃないですか。山岸さんは見かけは女性ですが、中身は不良の男子高校生か、変わりもんのオヤジってとこでしょう」

つまり、三人で星見のマンションに集まって勉強会をやっていたということだろうか。

「石黒は料理がうまいんだよ。メキシコでコックをやってたことがあるらしい」

「山岸さんが料理が全くダメだから、俺が晩メシ三人分作ってたんですよ」

「ということは、あの冷凍庫の食材は……」

思わず口をついて出てしまった。

「ああ、あれね、山岸さん、残りは自由に使っていいよ。だけど、チンしただけで食べられるものがあったかなあ」

言いながら、石黒が首を傾げた。

そのとき、またノックの音が聞こえた。

「お見舞いに来てあげたわよ」

入って来たのは結城部長だった。果物カゴを提げている。

「部長、わざわざ来て頂いて申し訳ないです」

夫は恐縮しきった様子で頭を下げた。同期とは思えない丁寧な態度だ。

「あら、こちら、小松原くんの奥さん？」

「どもども」

言いながら、星見が首を突き出す。

「おい菱子、いったいどうしたんだよ。その言葉遣い、失礼だろ。部長、すみません。いつもはこうじゃないんですけど……」

「言葉遣いなんて気にしないわよ。小松原くんだって、私に敬語なんか使わないでよ。同期じゃないの」

「とんでもない。結城部長は頭がいいし冷静な判断力もあって、俺なんかとは雲泥の差ですよ」

ずいぶんと持ち上げるものだ。

「小松原くんだって立派よ。私いつも感心して見てるのよ。この御時世、後輩の面倒をここまでちゃんと見る上司なんて、そうそういないわよ」

感謝しなさいと言わんばかりに、結城部長は石黒と菱子を交互に見た。

「年功序列が崩れて実力主義になってしまいましたからね」と夫。

「いくら後輩に追い越されたくないからって、先輩が後輩に仕事を教えなくなると、会社全体としては大きなマイナスよね」

「僕はほんと感謝してます。自分の時間を削ってでも部下を指導してくれているのは小松原課長だけですもん」と石黒。

「山岸も石黒も家庭環境のせいで、子供の頃から苦労してきたようですからね。なんとかしてやりたいと思う親心が抑えきれなくてね」

「優しい人ね。小松原くんて若い頃からちっとも変わらない。だからいつも貧乏くじ引くのよ」

夫は人が好すぎるのだ。

でも、やっぱり……夫は尊敬できる人だった。

「ところで石黒くんのお父様、ご機嫌いかがかしら。一度お目にかかりたいんだけど」

結城部長が上目遣いで石黒を見た。

「そのことなら僕ではなくて、父の秘書を通してもらえますか？　なんせ僕は石黒家の鼻つまみ者ですから」

「そんなことないわよ。親から見たら末っ子はかわいいものよ。でも……お言葉に甘えて秘書の方の連絡先を教えていただけるかしら」

「お安い御用です。電話番号を調べて、あとでメールします」

「ほんと？　助かるわ」

結城部長は満面の笑みになった。国会議員の力を借りたいことがあるらしい。夫と違ってやり手だ。

そのあと彼女は十分ほど世間話をしてから、石黒とともに帰って行った。

病室には、夫と菱子と星見の三人が残された。

「なんだか菱子と山岸の中身が入れ替わったみたいに見えるよ」

突然の夫の言葉に、菱子は思わず星見と目を見合わせた。

「本当に入れ替わってたら、どうする？」

星見がにやにやしながら尋ねる。

「冗談じゃないよ。山岸がカミさんだなんて、ぞっとする」

★

その夜、あたしが風呂上がりのジュースを飲んでいると、電話が鳴った。

——おばんです。

「は？」

――元気だが？　おめさ、あれがら、どんなあんべだ？

「あんた、誰？」

――あんれ？　もしもし、おめさ、ひじごだべ？

「ひじご？　何それ」

――嫌だじゃ親をからかっだりしで。誰が聞いてもひじごの声だべさ。

「ひじご？　ああ菱子ね。で、あんた誰？」

――あだしだべさ。あ、だ、し。おめさの母ちゃんだべや。

「ああ、もしかして函館の？」

――んだ……ここさ確かに、はごだでですばってな……おめさ、あだま、大丈夫か？

「頭は悪いよ。生まれつき」

――したっけさあ、がっつら他人行儀だべさ。あ、わがっだ。この前の電話のごと怒《おご》ってるんでないかい？　離婚なんかしねで辛抱しろなんで母ちゃんが言ったがらでねの？

「えっ、離婚？」

――んだべ？　そっだらに怒《おご》んねぐでもいんでないの。許してけろじゃ。

どっから見たって離婚しそうな夫婦には見えないよ。ムギは優しいいし、奥さんはいい人だし、家庭円満なんすけど。

――して、あれがら母ちゃん、よおぐ考えでみだら、ひじごがかわいそうになってきたっけ。おめさは高校卒業してすぐ東京さ出て行ってから、ひとりでよぐ頑張ってきたべさ。誰ひどり知り合いのいね東京でアパート暮らしして、ちゃんと短大も卒業しで、はっちゃきこいで就職も自分で見つけでさあ。うん、ほんによぐやってきたでないの。そっだら頑張り屋さんのひじごさひどい目に遭わせるなんで。

ムギが奥さんをひどい目に遭わせた？

「そういう人には見えないけど……」

――やっぱり麦太郎さんは、はんかくさいべさ。

「えっ？　何が臭いって？」

――まだそっだらごど言ってる。あだしも父ちゃんも結婚には反対だったども、菱子がどうしてもって言うし、麦太郎さんはエリートではねえけども、優しそうな人に思えだから、あだしらも結局は折れたっけさ。やんや、したけど、こっだらごどになってみっと、やっぱりあのとき断固反対しだらよがっだと親として反省してるっけ。だども、麦太郎さんは、毎年スパゲッティ送って来てけで、そっだらひどい男《おどご》だとは思わねがったでえ。あの男《おどご》は、なまら、いいふりこぎの、嘘こぎだわ。

「嘘つかない人間なんて世の中にいないけどね」

――あれがら、どんだば？　麦太郎さんの浮気、まだ止《や》まねのか？

「えっ、浮気？　あの堅物が？　へえ、人は見かけによらないってこのことだね」

——んだな。あれだら嫁にばれても浮気やめねとは、呆れて物が言えねえな。ひじご、こっちさ帰ってでごねが？

「というと？」

——このごと昌彦にも話しでみだんだわ。したら、あだし昌彦さ叱られたべさ。世間体ばっかり気にしで、娘がどうなってでもいいのがって。相変わらず昌彦は妹思いのいい兄ちゃんだべさ。ひじごが離婚しで、田舎さ帰ってきだりしだら世間体も悪いし、代々続いだ家柄さ傷ついで、ご先祖さんさ申し訳ねえと思ってだども、昌彦が、今現在この世に生きでるもんを大事にしねでどうすんだって怒鳴っだっけや。まあほんにその通りだべさ。

「へえ、いいお兄さんだね」

——家だけは広いがら使ってない部屋がたくさんあるっしょ。だがら、さっさと離婚してこっちさ帰って来だらいんでないの。都合のいいごとに、昌彦の息子だらも、あちこちの立派な大学さ行ってでるし、たぶん卒業後もこっだら田舎さ帰って来ねえっから。ほれ、なんせ就職口がねえからさ。でも、おめさが節子さんさ気ぃ遣うのが嫌だって言うんだら、遊ばしてる土地をちょべっと売って、その銭《ぜん》こで離れに増築しでやってでもいいと思ってるっけ。

「へえ、すごい」

――なんもなんもさ。親子でねのさ。ひじごが結婚しだのは二十四のときっしょ？　そっだら若い女の子に男を見る目を持でと言うほうが無理だべさ。おめさも災難だったわ。不憫《ふびん》な子だっけさ。ごれがらのごど、ひじごもよぐ考えでみな。みがちゃんの高校進学のごども考えでやらねばなんねよ。

「あんた、いいお母さんだね」

――それより、麦太郎さんの浮気相手はどんな人？　麦太郎さんと同じ会社に勤めでると言ってでだべ。

「同じ会社？」

いったい誰なんだ？　まさか茉莉子先輩？　そうは思えないなあ。じゃあ結城部長とか？　意外に有り得るかも。

――やっぱり、がっつらめんこい？　どっぢにしでも、その女、母ちゃんは許せないべさ。親の顔が見でみたいもんだ。ひじごだけでねくて、みがちゃんや真人くんの人生までめちゃくちゃにしでさ。会っだごどがねくても憎ぐで憎ぐで、夜も寝られないべさ。

「夜はよく寝た方がいいよ。それに、ムギは会社が終わったあとも勉強会してたから、浮気する暇なんてなかったと思うけどね」

――えっ、浮気さ間違いだっだの？　どっぢにしでも、正月には顔見せに必ず帰ってけろじゃ。待ってるはんで。

「行ってみたいなあ」

奥さんのお母さんに会ってみたい。お母さんらしいお母さんで、本当に羨ましいよ。

――元気出して、ひじご。せばな。

「うん、せばな！」

電話を切ると、テレビを見ながら洗濯物を畳んだ。

どうせ着るのになんで畳まなくちゃならないんだ？

チョーめんどくせえ。

それに、母親が子供の分も畳んでタンスに入れておくなんて、この家だいたい過保護すぎねえか？

あっ、いいこと思いついた。

部屋の隅にこのまんま山積みにしといて、着替えるたびに各人が必要なものを持って行きゃあいいじゃん。そういうのが結局は子供の自立につながんじゃやね？

我ながらグッドアイデアだ。うん、そうしよ。

素晴らしいアイデアを思いついた自分自身に感心しているとき、ケータイが鳴った。

〈千砂〉と出ている。

――菱子、大丈夫？　あのこと、どうなった？

いきなりそんな切り出し方をされても、何のことやらさっぱりわからない。そもそも、あんたは誰？　口の利き方からして奥さんの友だち？　それにしても奥さんは幸せ者だね。奥さんを心配して電話をかけてきてくれる人がたくさんいる。

「あのことって、何？」

——あれ？　もしかして、もう落ち着いたの？

落ち着くとは、どういう意味だ？

——良かったじゃない。なんだか今夜は急に菱子の声が聞きたくなっちゃってさ。なんのために生きているのかわからなくなっちゃったのよ。ヘルパーってほんと重労働。精神的にもきついしね。

あたしのお母さんもヘルパーをやってた時期があった。腰を痛めて半年でやめたけどね。でも、あたしの見たところ、あれは腰をやられてなくても早晩やめてたと思う。あいう仕事はお母さんには無理だもん。自分の子供の面倒さえまともにみられなかった人が、老人の世話なんてできるわけねえじゃん。

「何年やってんの？」

——三年目かな。

「すげえじゃん。普通そんなにできないよ。大変な仕事だもん」

——そうかな？

「そうだよ、あんた偉いよ」

——でもさ、このまま生きてても仕方ない気がするよ。あーあ、なんかいいことないかなあ。

「あんた、もしかして酔っ払ってる？」

——最近はお酒飲まないと眠れないんだよ。夜になると孤独が身に沁みてさ。誰も私を必要としていないのをひしひしと感じるわけよ。

「何言ってんのさ。あんたを必要としてる人はたくさんいるはずだよ。ヘルパーの仕事ほど、それをじかに感じられる仕事ってほかにねえだろ」

——あれ？　菱子、話し方、変えたの？

「それよか、寂しくなったらうちに来なよ。カップ焼きそばでよかったらご馳走してやっからよ」

——ほんと？　ありがとね。ちょっと気分が楽になった。

十二月も半ばになった。

もうすぐクリスマスだ。街を歩くとジングルベルが流れていて、色とりどりの電飾が輝いていてきれいだ。そして、クリスマスが終われば次は正月。毎年のことだけど、この時期だけは景気の悪さを忘れたみたいに、みんなウキウキしてる。

その夜は、奥さんが遊びに来ることになっていた。

——今のうちに子供たちと親しくなっておきたいのよ。困ったことがあったらなんでも相談できるお姉さんのような存在になりたいの。

電話の声は悲しそうだった。奥さんは、もう二度と身体が元に戻らないと思っているみたいだった。実はあたしもそんな気がしている。そんでもって、このままでいいかなと思うようにもなった。温かい家庭があって、ムギの両親も優しくしてくれるし、函館にも優しいお母さんがいる。元の身体に戻ったら、またひとりぼっちだもんね。

会社帰りの奥さんは、フルーツケーキを手土産に持って来た。

奥さんは、いい家のお嬢さんみたいに見える。清楚なワンピースなんか絶対に似合わないと思っていたのに、結構イケてるからびっくりするよ。会社のみんなも驚いてるんじゃないだろうか。

「星見さんが買って来てくれるものって、いつも私たちの好きなものばっかりだね」

実花が、胸の前で手を叩く。

「やったあ、パルテノンのケーキじゃん」

真人が目を輝かす。

「夕飯は何が食べたい?」

奥さんは、嬉々として子供たちのために料理を作り始めた。

実は、その光景を見るたびに、つらい気持ちになった。似ても似つかない自分の悲惨な子供時代を思い出してしまう。

——もしもあたしが、こういう温かい家庭で育っていれば、どうだったんだろう。考えれば考えるほど悲しくなるから、考えるのよそうと思ってんのに、勝手にあたしの脳味噌が色々な場面を想像してしまうんだよ。

「ご馳走様、おいしかったあ」

実花はそう言って立ち上がり、食器を流しに運んだ。

奥さんの期待に反して、食事の時間は短い。

「あら、もうお部屋に行っちゃうの？　実花ちゃん、もう期末テストは終わったんでしょう？」

奥さんは残念そうに言った。

「学校の試験は終わったけど、受験勉強があるから」

そう言って、実花は行ってしまった。

奥さんは、傷ついたような顔をしている。

「僕も宿題とか、いろいろ」

最近の真人は、カメラ雑誌に夢中になっている。

「え、真人くんまで？」

ドアを出て行く真人の背中を見つめながら、奥さんは寂しげに溜息をついた。

「あなたのおかげかしら。二人とも見違えるようにしっかりしてきたみたい。そもそも、なんでも相談できるお姉さんなんて、そう簡単になれるわけがないのよね。友だちだっているんだし、私なんか必要ないわ」

言われてみればその通りで、慰める言葉も思いつかない。

「ところで奥さん、明日も仕事なんだろ？　もう遅いから、そろそろ帰った方がいいんじゃねえの？」

「帰ればいいんでしょ、帰れば！」

奥さんは椅子からいきなり立ち上がった。見ると、目に涙を溜めている。

こんな奥さんを見たことがなかったので、あたしはびっくりした。

でも、なんかわかる気がした。悲しみや怒りや寂しさで心はいっぱいなんだろうと思う。じっと耐えてきたけど、許容量を超えて溢れ出ちゃったんだよ、きっと。

奥さんはバッグをつかむと、小走りになって玄関へ向かった。

「奥さん、なんなら泊まっていけば？」

あたしは奥さんの背中に慌てて声をかけた。

「ここにはもう私の居場所なんててないのよ！」

そう言うと、奥さんは玄関を飛び出した。

意外にも奥さんは走るのが速かった。もともとのあたしがトロいことを考えると、身体が入れ替わっても、運動神経は奥さんが持って生まれたままのものらしい。

あたしは必死で追いかけたけど、奥さんとの距離はどんどん開いていった。

コンビニの駐車場を通り抜けるとき、奥さんはやっと走るのをやめて歩き出した。深夜というわけでもないのに、駐車場には猫の子一匹いない。外灯は電球が切れかけているのか、瞬きしていて薄暗かった。

突然、背後からくくくっと笑い声がした。

驚いて振り向くと、暗闇の中に自動販売機が光っていて、人がもたれかかっていた。顔は逆光でよく見えない。

「おばあさんじゃないの！」

奥さんが叫んだ。

目を凝らしてみると、あのババアだった。あのときと同じ、真っ赤なドレスを着ている。人の気も知らないで、自販機にもたれてバナナをのんびり頬張ってやがる。

「お久しぶりばい」

「ババア、テメエ今までどこにいやがったんだよ」

駆け寄って腕をつかんだ。二度と逃げられないようにしないとね。

もう片方の腕はと見ると、既に奥さんが両手でしっかりと抱え込んでいた。

「早く元に戻してよ！」

奥さんが大声を出した。

「あんたは相手ん立場に立って考えられたと？」

ババアは奥さんの方を見た。

「早とちりだったのよ。この人、不倫相手なんかじゃなかったのよ」

「え？　奥さん、もしかして、あたしをムギの愛人だと思ってたのかよ」

「そういうわけじゃあ……ないけど……」

「そうだよね。まさかね。ムギみたいなお父さんがいたらいいなあと思ったことはあるけど、あんな中年オヤジの愛人なんて冗談じゃねえよ。それに、あたしのことスケベな目で見るオヤジは多いけど、ムギと石黒ちゃんだけは違うよ」

「ばってん、私は正妻ゆうもんが、いっちょん好かん。紙切れ一枚で偉そうにしとるけん、愛人はつらか立場になるばい。それに、世間は愛人にはきつかことばっかり言う」

ババアは奥さんを睨んだ。つらい過去でもあるんだろうか。

「だから違うんだってば、おばあさんたら」

「まっ、どっちにしろ、元に戻ってもよかかどがんかは、神さんに聞いてみんといかんばい。ちっと手ば放しんさい」

ババアは、食べかけのバナナを奥さんに持たせ、肩から赤いショールを外して左右に大きく振り始めた。目をつむり、呪文を唱えるみたいに口の中でごにょごにょと何やらわけのわからないことをつぶやいている。あのときと同じだ。

「あとは天に任せようかの。えいやっ！」

ババアが大きな声を出した途端、地面が揺れた。

「神さんの声が聞こえたばい。あんたらは互いに相手ん気持ち、よう理解できとるけん、もう許してやれ。そう神さんは言うとらっしゃる」

ババアは納得したように、ひとり勝手にうなずいている。

あたしは、外灯の下で自分の手を見た。ぽっちゃりした小さな手から、男みたいだといつもお母さんに言われてた、でっかい手に戻っていた。

「これでよか」

ババアが立ち去ろうとしたとき、奥さんが慌てて呼び止めた。

「おばあさん、ひとつだけ教えてちょうだい。私たちはもう入れ替わることはない？」

「そらもうなかよ。ひとり一回と決まっとるけんね」

そんなことも知らないのか、と言いたげな表情だった。

奥さんと二人でババアの後ろ姿を見送った。

第五章　再出発

◆

翌日は早起きしてパンを焼いた。

「あーこの匂い、久しぶり」

ぼさぼさの髪をした実花が、眠そうに目をこすりながら起きてきた。

「今日はママ、どうしたの？　最近は頼んでもちっとも作ってくれなかったのに」

パジャマ姿の真人はにんまりと笑っている。

実花と真人が仲良く並んで食卓に座る姿を眺めているだけで、ふっと涙が滲みそうになった。慌てて背を向けて、キャベツとソーセージのスープを皿によそう。

「お姉ちゃん、このパンに蜂蜜を垂らすとおいしいよ」

「知ってるよ。それ最初に考えたの私だもん」

「そうだっけ？　ねえ、お姉ちゃん、そこのバター取って」

「そのパンはバターなんて塗る必要ないんだよ」

「そんなの僕の勝手でしょ」

「絶対にダメ。それは生地にバターをたっぷり練りこんであるんだから」

「じゃあ、ジャム取って」

「それもダメ。ママが久しぶりに焼いてくれたんだから、そのまんまを味わうんだよ」

「いちいち口うるさいよ」

「そういう言い方ないでしょう」

久しぶりに聞く姉弟の口喧嘩に、菱子は背を向けたまま微笑んだ。

こうした平凡な日々がありがたいと、しみじみ思う。ひとつでも歯車が狂うと、簡単に失ってしまう。

「たくさん食べるのよ」

子供たちの前にスープを置いてやる。

「ママの言葉遣いが元に戻ってるよ」

「ほんとだ。昨日までは『てめえら、文句言わずにいっぱい食え』って言ってたのに」

啞然とした。

どうやら星見は、子供たちの前であっても、いつもの調子のままだったらしい。だとすると、パート先やPTAでも、そうだったとか？

まさかね……。


久しぶりのPTAだった。

菱子は小学校の視聴覚室に入り、どこの席に座ろうかとあたりを見渡した。

「小松原さん、お、は、よ」

「あら、おはよう、小松原さん」

あちこちから声がかかった。それも、笑顔で……。

こんなことは今までになかった。自分が特段、嫌われているとは思っていなかったが、この集まりは、常によそよそしい雰囲気が漂っていたはずだ。

何かがおかしい。身体が入れ替わっている間に、空気が一変してしまうような事件でもあったのだろうか。星見からは何も聞かされていないが……。

「おはよう……ございます」

挨拶を返しながら、ドア近くの席に座ろうとしたときだ。

「こっちこっち」

窓際の方から矢島さんが手招きをしているのが見えた。まさか自分が呼ばれていると は思わず、背後を振り返ってみたが、誰もいない。

もしかして「私?」

自分の胸元に手を当てて尋ねてみた。

「やだ、決まってるじゃない」

さほど親しくもないのに、ずいぶんと人懐こそうな笑顔を向けてくる。無視するわけにもいかず、誘われるまま彼女の隣の席に移動した。

「引越し先、決めたわ」

矢島さんが顔をくっつけるようにして、小声でいきなり言った。

どうやら矢島さんは引越しするらしい。小さな声で言うということは、ほかの人には内緒ってこと？

事情はわからないけれど、矢島さんの嬉しそうな目の輝きから見て、どんなリアクションを期待しているのかは、なんとなくわかる。

「それは……良かったじゃないの」

「うん、ありがとう。二番目に見に行ったところに決めたの」

「二番目？」

「ほら、近所にステキな紅茶専門店があったでしょ、あそこよ」

えっ？　星見は、矢島一家の引越し先を探すのにつきあってあげたの？　わざわざ？　どうして？　二人はそれほど馬が合ったの？

「小松原さんて本当にすごいわ。芙由美の気持ちを確かめる方法も、あなたの言う通りにして本当によかった」

なんのことだかさっぱりわからない。

「そう……それは……良かった」

「引越したら芙由美も転校しなくちゃならないけどいいかしらって尋ねたら、あの子、嬉しそうに笑ったのよ。あんな晴れやかな笑顔、久しぶりに見た」

そう言うと、矢島さんはいきなり涙ぐんだ。

どうして芙由美ちゃんが転校を喜ぶの？　一年生のときから真人と同じクラスだったから、芙由美ちゃんのことは、ある程度は知っているつもりだ。成績抜群で、はきはきしていて、典型的な優等生タイプだから、先生の受けがすこぶるいい。

もしも真人が、芙由美ちゃんくらいしっかりしていれば……。

――宿題はやったの？　本当でしょうね？　ちょっと見せてごらんなさい。

――明日の用意はしたの？　忘れ物はない？

こんな口やかましい母親にならずに済むのに……。

「小松原さんは、子供の心理を本当によくわかってるわ。感心した。あなたのアドバイスがなかったら、学校でイジメに遭ってるのかどうかを本人に直接聞いてしまうところだったもの。芙由美はプライドが高いから、きっときっぱり否定して、結局はうやむやになってしまうところだったと思うの。でも、転校の話をしたときの、あの芙由美の嬉しそうな顔といったら……今まで気づいてやれなくて、私なんか母親失格よ」

矢島さんは声を詰まらせた。なるほど、だいたいの事情は呑み込めてきた。

「先生には相談したの？」

「まさか。先生に言うと、イジメや無視がひどくなることもあるから、やめた方がいいというあなたのアドバイスに従うことにしたわ。もちろん、そうじゃない場合もあるだろうけどね。でもちょうど家を買おうと思ってたときだったから、引越して新しいスタートにしようって、うちの主人も言うし」

星見に対してだんだん腹が立ってきた。彼女の報告の中に、矢島さんのことなど一切出てこなかった。確かに自分も星見も、環境が一変し、毎日の生活で精いっぱいだった。それはそうなのだが、報告すべきことは、ちゃんと報告してくれないと困るじゃないの。

「それでは、始めます」

ＰＴＡ会長の相川さんの声がした。

矢島さんからもっと聞き出したかったのに……。いや、やっぱりそれはまずい。あまりに物忘れがひどいと思われる。詳しいことは、あとで星見に電話して聞いたほうが賢明だろう。

見渡すと、いつの間にか、役員のお母さんたちで教室は埋まっていた。

「学芸会のことですが、わたくしと副会長が話し合った結果、コーラスとフラダンスの両方を行うべきだという結論に達しました」

いきなり教室中がざわめいた。

どうしたの？　みんな何を驚いているの？　会長と副会長がなんでも勝手に決めてしまうのは、いつものことでしょう？　それでもみんなが我慢してきたのは、会長になってくれる人がいるだけで助かってるからよ。誰も立候補してくれなかったら、くじ引きになるのよ。くじが当たったらと思うだけで、ぞっとする。

「お静かに。学芸会では、子供たちの見本となるように練習を重ねて素晴らしいものに仕上げねばなりません。それで、練習日程のことですが……」

会長の大声を遮って、「ちょっと待ってください」と後方から声が上がった。

驚いて振り返ろうとしたとき、前からも横からも声が上がった。

「どうして二人だけで決めたりするんですか？　それ、おかしいでしょう」

「ＰＴＡ会長に決定権なんてないんですよ」

「そうよ。非常識よ」

役員会の雰囲気がずいぶん変わってしまっている。いったい何があったというのだろう。会長に目を移すと、憮然《ぶぜん》とした表情で押し黙っている。みんなもそのことに気がついたようで、室内がしんと静まり返った。

そのとき、隣に座っている矢島さんが手を挙げた。天井に向けてピンと指先まで伸ばしている。

「どうぞ」

副会長が困惑の表情で矢島さんを指すと、彼女は立ち上がった。今まで彼女のことを、事なかれ主義の人だと思っていたから、今日は驚くことばかりだ。

「ＰＴＡが学芸会に参加するかどうかは、多数決で決めてもらえませんか」

落ち着いた細い声が室内に響き渡った。

取りやめるという選択肢があるなんて思いもしなかった。だって恒例行事なのだ。そりゃあ、やめられるものならやめたい。暇な主婦ならいいが、仕事を持っている母親や、下の子がまだ乳幼児の母親にはかなりの負担だ。

一月のどんど焼きに始まって、ソフトグライダー大会、夏休みのラジオ体操、秋の文化祭、そのたびに豚汁とおにぎりの炊き出し……。豚汁もおにぎりも家で作ると簡単だが、大きな鍋に二百人分作るとなると、その燃料の買い出しから何から大変な手間がかかる。

これらの行事が全部なくなったら、どんなにいいだろうと、実花が小学生だった頃から思い続けてきた。少子化によって児童の数も年々減ってきているから、ＰＴＡ役員の順番が強制的に何度も回ってくる。驚いたことに、老親を介護していようとも、フルタイムで働いていようとも容赦ない。離婚による母子家庭も年々増えていて、休日も働き詰めという母親も多い今日この頃だというのに。

「昨今は登下校時の連れ去りだとか、教師の児童に対するセクハラだとか、ネットイジメだとかが、毎日のように報道されています。果たしてこの学校は大丈夫でしょうか？前回の役員会で小松原さんがおっしゃったように、保護者同士が情報を交換し合い、常に子供たちの身の安全に気を配ってやることこそが、本来私たちのやるべき仕事だと思います」

あれほど目立たないようにと星見に言っておいたのに、勝手なことをして。それに、なんの報告も受けていない。

立ったままの矢島さんを見上げると、彼女はこっちを見てにっこり笑ってうなずいた。無視するわけにもいかず、無理やり口角を上げただけの笑顔を作って返す。

「本当にその通り」

「そうよ」

「賛成」

あちこちから声が上がる。

「学芸会だけは別ですよ」

会長が怒りを露わにした。会長がこの行事を生き甲斐としていることは、母親たちの間では有名だ。そのうえ、会長の末っ子は六年生だから、彼女にとって今回が最後の学芸会となる。

「世の中は変化しているんです。すべての行事を根本的に見直す時期が来ていると考えます」

会長を睨みつけるようにして矢島さんが言った。かっこいい。

でも……矢島さんはもうすぐ引越すのだった。だから言いやすいのかもしれない。それでもいい。はっきり言ってくれる人がいると、本当に助かる。

「様々な行事を通して親同士が交流することが、結局は子供たちのためになるんです」

会長も譲らない。

会長も副会長も、善意の人だ。だから話がややこしくなる。この教室の中で、彼女ら二人だけが五十代だ。二人とも子供が三人いて、上の子供は社会人と大学生で、歳の離れた末っ子がこの小学校に通っている。彼女らの世代のほとんどが子育て時期は専業主婦だったらしい。母親たちが一致協力して地域社会を作り上げていくことのできた時代だ。それは、とても意義のあることだったのだろう。だけど、時代に応じて事情は変わる。にもかかわらず、下の世代の母親たちに対しても、昔と同じやり方を押しつけようとする。だから無理が生じる。

星見の提案はなかなかのものだ。言ってくれて助かった。

結局、多数決により、ＰＴＡの学芸会参加は中止となった。途端に会長は不機嫌になり、早々に役員会は終わった。画期的なできごとだったからか、お母さんたちは、いつもならすぐに帰っていくのに、今日は興奮冷めやらぬといった感じで、珍しくあちこちで輪になって井戸端会議を始めた。

★

久しぶりにひとり暮らしのマンションへ帰った。

「あー懐かしの我が家だあ」

そう叫びながらベッドに倒れこんだとき、部屋の隅でかさこそと音がした。

飛び起きて駆け寄る。

「わりぃ。モコちゃんのこと忘れてたよ」

モコは回し車を元気に走っていた。水もエサもちゃんと取り替えてある。

「モコちゃん、あたし明日は久々に会社だよ。なんか緊張する」

正社員登用試験の勉強も頑張んなきゃ。だって、ぎりぎりの生活から這い上がりたいもん。そんで奥さんみたいに温かい家庭を築きたいよ。とはいっても、小麦粉とかパスタとか、やっぱ興味湧かないんだよな。なんせ食べることにそれほど関心がないもんでさ。でも、そんな甘いこと言ってる場合じゃないよね。

部屋の中を見渡してみると、きれい好きの奥さんのおかげで、床はぴかぴかだし、タンスの上に埃ひとつない。本当に気持ちがいい。まっ、三日もしないうちに、元のカオス状態に戻ると思うけどね。

キッチンにも清潔感が漂っていた。調理台やテーブルの上が整然と片づいているし、水滴ひとつない。棚の扉を開けてみると、買い込んであったスナック菓子やカップラーメンが隅に追いやられ、その代わりに色んなメーカーのパスタやパスタソースがずらりと並んでいた。外国産のものもある。

端の方に立てかけてあるノートを開いてみると、メーカーごとのパスタの形状や粉の種類、パスタソースの原材料などが書かれている。そして、味の評価がびっしり書かれていた。

これは、いったいどういうこと？

奥さんは真剣にパスタの研究を始めてたの？　もしも身体が元に戻らなかったらと考えてのこと？　逞《たくま》しい人だね。もうすぐ四十歳だっていうのにすげえよ。あたしのお母さんも、奥さんの努力の百分の一でもいいから見習ってもらいたいもんだ。

ていうか、こういうの自分で勝手に研究するのもアリなんだね。気づかなかったよ。みんなと同じようにやってちゃ這い上がれないのかもしれない。奥さんの研究結果を無駄にするのもナンだから、引き継がせてもらうよ。そんでもってお母さんの代から続いている、貧乏スパイラルから抜け出すんだ。

なあんちゃって……やっぱり興味が湧かないよ。どうしたらいいんだろ。

棚を閉めてキッチン探検は終了。

次は洗面所。

あれ？　ブルーの歯ブラシはどこ？

まさか奥さん、捨てちゃったの？

ブルーは前歯用でピンクは奥歯用。歯医者に使い分けろって言われてんのにさ。まったく、もう。

今日は早めに寝よ。明日から会社だからね。

そう思って、夜は早めにベッドに入ったのに、明日から会社だと思えば思うほど、逆に眠れなくなった。

やっぱあたし、会社ってとこ好きじゃない。溶けこめないし、女の人たちはあたしのこと嫌っているから、とっても居づらい。それに比べてムギの実家のジーサンはいいよね。黙々と草履作ってりゃいいんだから。マジ羨ましい。

大きな溜息をついたとき、携帯電話が鳴った。お母さんからだ。またカネかよ。

「もしもし。今度はいくらいるの？」

——なんだよ、星見、いきなり。お金なんかいらないよ。

耳を疑った。カネのこと以外で電話がかかってきたことなんか、今まであったっけ？

「お母さん、身体の具合でも悪いの？」

——ぴんぴんしてて悪かったね。

言葉とは反対に、なんだか機嫌は良さそうだ。

——ところで星見、正月は仕事休めるのかい？

「うん、年末年始は休みだよ」

——じゃあ一緒に新潟に行こう。

「新潟？　何しに？」

——だからお父さんの生まれ故郷に行ってみるんだよ。自分から言い出しといて、もう忘れたのかよ。

「お父さんて、誰のお父さん？」

——は？　おまえのお父さんに決まってんだろ。

身体が入れ替わっている間に何かあったらしい。お母さんの方からお父さんの話題を出してくるなんて初めてだ。

——ばあさんに電話してみたら、星見に会いたいってさ。

「ばあさん？　誰、それ」

——だからぁ、星見のお父さんのお母さんだってば。

「えっ、あたしにおばあちゃんなんていたの？」

生まれてこの方、お母さん以外に身寄りはないと思っていた。

「おばあちゃんは、あたしのこと知ってんの？」

——当ったり前だろ。

それって、すんげえ嬉しい。

「何かお土産を買っていこうよ」

——それは私が用意しとく。

「えっ、お母さん、カネあんの？」

——それくらいはあるよ。今の仕事は時給がまあまあだし。

「時給？　お母さん働いてるの？」

——もちろんだよ。働かざるもの食うべからずだよ。

奥さん、うちのお母さんに、いったい何したんだ？


翌朝は快晴だった。

出社するのは二ヶ月ぶり。

エレベーターを八階で降り、営業部のドアを開ける。

あれ？　自分の席、どこだっけ？

目印の縫いぐるみがないよ。

「おはよう」

茉莉子先輩が声をかけてきた。それも、にっこり笑って、親しそうに……。

明らかに、あたしを見る目つきが以前と違っている。

「あのう……あたしの縫いぐるみは？」

「自分で捨てといて何言ってるのよ、星見ちゃん」

「え？　ああ……そうだったっけ」

どうやら奥さんが勝手に捨てたらしい。

それより今、茉莉子先輩があたしのことを〈星見ちゃん〉って呼んだよ。今まで〈山岸さん〉って呼ばれてたと思うんだけど。それも用があるときだけ、冷たい調子で……。

席に着いて引出しを開けると、見慣れないファイルがあった。持ってみると、ずっしりと重い。机の上に置いてページをめくると、いろんな食品の箱や瓶の写真が貼られていた。その横に、デザインの特徴や感想なんかがこまごまと書かれている。

——家庭の温かい雰囲気が出ている　二十五票
——郷愁を誘う　三票
——おいしそうに見える　三十八票
どうやら奥さん自身の感想じゃなくて、統計を取ったものみたい。

「星見ちゃん、仕入れ部の結城部長から電話よ」

茉莉子先輩が受話器を差し出した。

あたしに？　結城って、あの女の部長の？　なんでだ？

「もしもし、山岸ですけど……」

――おはよう。仕入れ部の結城ユリです。あなたのおかげでヒット商品になりそうよ。

「は？」

――嫌だわ、とぼけちゃって。でも天狗にならないところが山岸さんのいいところ。ところで今夜、空いてる？　居酒屋で一杯やりましょうよ。

「あたしと？　二人で？　でも……ええっと、結城部長にはガキがいるんじゃなかったっけ？」

――子供たちのことなら大丈夫。今日は実家の母がみてくれることになってるから。

居酒屋の暖簾《のれん》をくぐると、結城部長が奥の席で手を挙げた。

「遠慮なく好きなもの注文してね。今日は私がおごるから」

「マジ？　ラッキー」

写真入りのメニューはどれもこれもおいしそうで、片っ端から注文したくなる。

冷えた生ビールを飲みながら、熱々のから揚げにレモンをしぼる。

おいしい。

自由の味がした。

居酒屋へ来るのは久しぶりだ。奥さんと身体が入れ替わってしまって子持ちの主婦になってからは、夜は家にいなくちゃなんなかったからね。あたしのお母さんみたいに、子供をほったらかしにして夜遊びするなんて絶対にしたくなかった。

だけど意外や意外。お母さんの気持ちがちょっとわかった。人間は自由な時間がないと、気が変になりそうになる。

「山岸さんの提案のおかげよ」

「あたしの提案?」

「味や食材へのこだわりが徹底していると、高くてもやっぱり売れるのね」

ビールからサワーに切り替える頃、奥さんの手柄がだいたいわかってきた。食材の仕入先から料理法に至るまで、マーケティング調査の結果を元に提案書を作成し、それが経営戦略会議で採択されたらしい。

あの奥さんにならできるでしょ。料理にすごくこだわる人だから。そのせいで、実花と真人もガキのくせに味にはうるさかった。文句言わずにさっさと食べろって何度怒鳴ったことか。

「パッケージの指摘も良かったわ。今までのデザインを子供っぽいと切り捨てたでしょう? あのときの栗田さんの顔といったら、ふふふ」

釣られて笑ってみたけど、実はあたしはあの原色のパッケージが好きだった。白いウサギと赤い人参に黄色い風船、緑色のワンピースを着た女の子。

すんげえ可愛いのに、奥さんはどこが気に入らなかったのだろう。

「あなたの言う通りだったわ。高級感を出すには白地に紺色の模様、そして金色のアクセント。本当に品がある。まさにヨーロッパ王室の御用達という感じになったもの。試験的に一部のスーパーに卸してみたんだけど、売れ行き上々らしいの」

「それは……よかった」

美的センスのある人ならともかく、凡人は自分の好みなんかを基準にしていたらだめってこと？　奥さんはデータを集めて、売れ線を研究したのだ。あのファイルを見ればわかる。つまり、奥さんは本気だったのだ。確か、奥さんはこう言った。

——あの会社は捨てたもんじゃないわ。だって、正社員になれるチャンスが目の前にぶら下がっているのよ。

「なんといっても、同族会社の壁を突き破って味を変えることができたのが大きいわ。一社員の意見じゃなくて、インターネットでのアンケート結果っていうのが効いたわよ。ほんと、山岸さんて知能犯ね」

「へえ……」

「ここからが本題よ」

結城部長は、いきなり声を落として顔を近づけてきた。

「次々に素晴らしい提案をしてくれたから、統括部長も、あなたのこと褒めてたわ。試験、頑張んなさいよ。正社員になれたら私がびしびし鍛えてあげる」

結城部長は酔ってきたのか、目がとろんとしてきた。

期待を裏切るようで悪いけど、ますます自分には向かない気がしてきた。仕事自体もそうだけど、なごやかなムードで人と話すことも苦手だから、そもそも会社ってとこが好きじゃないんだよ。誰にも会わずに家でできる内職ってないのかな。

◆

数日後、菱子は実花の通う中学の三者面談へ出かけた。

実花は以前から三上先輩と同じ高校へ行きたいと言っている。その高校は、実花の実力圏内にあるはずだが、最近の実花の凄まじい勉強ぶりを見ると、危機感を持っているように見える。もしかして合格ラインすれすれなのだろうか。

どちらにせよ、今日の面談では二学期の通知表と模擬試験の結果が手渡されることになっているから、志望校は自ずと決まるはずだ。

昇降口のところで実花が待っているのが見えた。

「ああ、よかった。やっと普通のママに戻ったよ。服装も髪型もどんどんギャルみたいになっちゃって、先生にどう思われるか心配だったんだよ」

教室の前の廊下には、順番待ちの椅子が置かれていた。底冷えのする中、冷たい椅子に並んで座る。

「実花の成績なら、志望校は余裕で入れるんじゃない？」

「それがそうでもないんだよ」

教室のドアが開き、ひと組の親子が出てきた。母親も男の子もうつむきがちで表情が暗かった。志望校は無理と言われたのかもしれない。

十五歳での挫折……。

ふと、菱子は自分の中学時代を思い出した。志望校に行けなかったことで、人生が終わったように思い、何もやる気がしない時期が長く続いた。そのせいで、高校三年間を無為に過ごしたといっても過言ではなかった。実花が自分のようにならなければいいが。

「次の方どうぞ」

教室の中から担任の桜木先生の声が聞こえた。

いや、心配することはない。ここは東京だ。都立高校は普通科だけでも百校以上あるし、今や地域ごとの区分けすらないから、どこでも自由に受けられる。そのうえ、私立ときたら数え切れないほどある。この選択肢の多さは、郷里では考えられないことだ。

気を取り直して教室へ入り、実花と並んで座る。桜木さやか先生は「小松原さん、びっくりするよ」と言いながら、二学期の通知表を閉じたまま机の上に置いた。

先生はいたずらっぽい目で実花を見て、もったいぶって通知表を開けようとしない。

「先生、早く見せてよ」

「どうしよっかなあ。そんなに見たい？」

二十六歳の桜木先生は、まるで友だちのようだ。

「ぱらり」

声に出して言いながら、桜木先生は通知表を開いた。

すぐさま実花は前のめりで覗き込む。その隣で、菱子も細かい数字を目で追った。

「すごーい！」

実花が手を叩く。

「でしょう？　やればできるじゃない。実は先生もびっくりしたのよ」

成績はほぼ全教科上がっていた。

自分がいない間に何があったのだろう。星見が勉強を教えてくれたのだろうか。星見は一見馬鹿に見えるが、実は秀才だとか？

「お母様の子育て方針は、素晴らしいと思います」

桜木先生がこちらに向き直った。

「は？」

「家庭科を教える私としては、下手でもいいからエプロンはちゃんと自分で縫ってほしいんです。それなのに、お母様が手を出してしまう家庭がほとんどです。だけど小松原さんは、居残りして頑張っていました。縫い目はガタガタでしたけどね」

そんなこと、星見から報告を受けていない。

「先生、私、青陵高校に行ける？」

えっ、青陵？　あんな難しい高校に？

三上先輩が通っているのは青陵ではない。彼と同じ高校に行きたいんじゃなかったの？

「受けてみなさい」

「本当？」

「お母様はどうお考えですか？」

「それは……もちろん嬉しいです。青陵は家から最も近い高校ですし、通学途中の生徒さんたちを見ても真面目そうで、以前から好感を持っておりました」

きっと夫も喜ぶだろう。

「先生、ラストスパート、頑張るよ」

実花の横顔にはやる気が漲《みなぎ》っていた。

校門に向かう足取りが軽い。満面に笑みを浮かべた実花は、今にもスキップしそうな歩き方だ。

「ねえ実花ちゃん、三上先輩と同じ高校でなくてもよかったの？」

そう尋ねると、実花は急に立ち止まった。

「ママ、そういう冗談は趣味が悪いよ」

表情が一変している。本気で怒っているようだが、何がなんだかわからない。やはり、自分がいない間に何かがあったようだ。

「あんなやつ、二度と顔も見たくないよ」

「えっ？」

「そもそも、中学時代の恋愛なんて人生の通過点にすぎないんだよ。だから、自分自身の将来の可能性にかけることの方がずっと大切なんだ」

星見と身体が入れ替わっていたのは二ヶ月間だ。どうやったら、そんな短い間に、子供をここまで成長させることができるんだろう。星見は何をしたんだろう。

「ずいぶん立派なことを言うようになったわね」

「今のはママが言ったんだよ」

「そう……だったっけ？」

「真人が言ってたけど、やっぱりママは記憶喪失気味だね。それよりママ、久しぶりに駅前でパフェ食べて帰ろうよ」

「そうね、頑張ったご褒美ね」

「やだママ。ご褒美は受験が終わってからだよ。それに、合格祝いはパフェ程度じゃだめ。最低でもiPadだよ」

風は冷たいが、いい天気だった。

自分と同じくらいの身長になった娘と並んで歩く。

「日が短くなったわね」

背中に夕陽を浴びて、二人の影が前方に長く伸びている。

もうすぐ冬至だ。

「見て見て、ママ、あそこに新しいパン屋さんができたの」

実花が指差す方を見ると、赤レンガの可愛らしいベーカリーが開店していた。

――スタッフ急募。

ガラス戸に求人の紙が貼り付けてある。開店したばかりだというのに、販売員が足りなくなったのだろうか。もう一枚の紙に目を移したとき、菱子は驚いて、思わず立ち止まった。

――パン職人募集。未経験者歓迎！

「ほんとに？」

職人なのに未経験者でもいいの？

そういえば、最近は冷凍のパン生地を使う店が増えたから、経験がなくても雇ってくれる店があると聞いたことがある。

「どうしたの、ママ」

「ダメモトで応募してみようかしら」

「雑誌でグランプリを取ったことも履歴書に書けばいいんじゃない？」

募集の貼り紙を、もう一度見つめた。星見から聞いたところによると、夫の両親から家を交換する申し出があったという。ということは、履物屋を改造してベーカリーを開ける日がいつか来るかもしれない。そう思うと、体中にやる気が漲《みなぎ》ってきた。

★

今年もあと二日で終わり。

あたしは、お母さんに言われた通り、東京駅の〈銀の鈴〉にいた。

「星見、お昼の駅弁買っといたよ」

声をかけられるまで、お母さんがすぐそばに立っていることに気づかなかった。だって、お母さんも誰かと入れ替わってしまったんじゃないかと思うほどの変身ぶりだったからだ。

なんといっても、その髪型。毛先の傷んだ長い茶髪が、黒髪のショートヘアに変わっていた。どぎつかった化粧もナチュラルメイクになっている。いつもは破れたジーンズなのに、今日は淡い色のパンツスーツだ。

上越新幹線を長岡駅で降りてから、越後交通のバスに七十分も揺られた。

「着いたよ」

お母さんに起こされてバスを降り、大きく伸びをする。見渡すと、夕陽が一面の銀世界を照らしていた。

すんげえきれい。こういうのを「心が洗われる」っていうんじゃね？

「雪って眩しいね」

お母さんは手をかざして目を細めた。

「山岸の家は、この道で間違いないでしょうか」

お母さんが声をかけると、バス停前の民家で雪かきをしていたジーサンが振り返った。

「あれま、紫朗《しろう》ちゃんの娘さんだね？　こりゃまたそっくりだね」

ジーサンはあたしをまじまじと見つめた。

「ああ、ここだ、ここ、ここ。懐かしい」

途中で何人かの人に尋ねながら、慣れない雪に足を取られそうになりながら歩いた。

大きな木片に〈山岸　山住見〉と書かれている。

「なんて読むの？」

「や、ま、ぎ、し、や、す、み。山岸家の女は代々、名前の最後に『見』がつくんだ」

「え？　じゃああたしの名前はお母さんじゃなくて、お父さんがつけたの？」

「そうだよ。知らなかった？　世の中をしっかり見るようにという意味があるらしい」

子供の頃、星見という名前が原因でからかわれたことがあったから、今までずっと嫌な名前だと思ってきた。でも、今のお母さんの説明で、急にかっこいい名前に思えてきて、誇らしい気分になった。

門をぐるると、戸口に一枚の紙が貼り付けてあった。

――史子さんへ。郵便配達に出かけています。中に入って待っていてください。

「郵便配達？」

言いながらお母さんが首をひねる。

引き戸を開けると、土間が広がっていた。

「こういう家、知ってる知ってる。小学校のときに古民家見学に行ったもん。それとそっくりだよ」

だけど、今でも住んでいる人がいるとは思わなかったよ。

「囲炉裏《いろり》もあるのかな？」

土間から板の間に上がると、囲炉裏ではなくて電気ゴタツが置いてあった。

「思ったほど寒くないね、お母さん」

「雪道を一生懸命歩いてきたからだよ。今は身体がほかほかしてるけど、すぐに凍えるほど寒くなるよ」

見ると、コタツの上にも紙が一枚置かれていた。

――遠路はるばるご苦労様。台所のポットにお湯あり。お茶飲んでゆっくりしてて。エアコンも入れて暖かくして風邪引かないように。

「こういうの、達筆っていうんだよね」

珍しくて、家の中を見てまわった。予想に反して設備は近代的だった。システムキッチンに最新式のシャワートイレ。

お母さんとコタツに入り、そこにあったみかんを食べながらテレビを見ていると、玄関の戸がガラガラと開く音がした。

「久しぶりだね」

おばあちゃんが帰ってきた。

おばあちゃん……いい響きだ。ババアというのとはだいぶ違う。

けど、柔和な笑顔に丸っこい体つきの年寄りを想像してたのに、目の前に現われたのは、意外にも背が高くてシャキッとした感じの女の人だった。

「星見だね」

おばあちゃんは、あたしをじっと見つめた。「紫朗と目元がそっくりだ。目の玉の動かし方も似てる。物を見るとき、頭を動かさずに目だけを動かすところなんて同じだよ」

「お義母さん、郵便配達って？」

お母さんは、おばあちゃんにお茶を淹れながら尋ねた。

「この村には郵便局がないんだよ。だから郵便物は全部、私が配ってるの。月々六万円の給料をもらってるよ」

「ふうん、歳取ってから貧乏ってのも大変だね」

「馬鹿なこと言いなさんな、星見。私は小学校の教員を定年まで勤め上げたから、ひとり暮らしには十分過ぎるほどの年金をもらってるよ」

「それなら、そこまでして働かなくてもいいんじゃない？」

「人生はお金さえあればいいってもんじゃないよ。郵便配達でもらったお金は、早くに親を亡くした子供の教育基金に使うんだよ。この辺りで『山岸基金』を知らない者はいないよ」

「げっ、立派じゃん。あたしと血が繋がってると思えねえよ。でも、どうしてそこまで頑張れんの？」

「だって、そうでもしなきゃ自分の存在意義がないじゃないか。こんな山の中でのひとり暮らしを想像することができるかい？　雪深い中、夫も息子も死んでひとりぼっち。

隣家は何百メートルも先にある。死んでもすぐには発見されない。そんな環境にいたら、自分が生きてる意味がわからなくなるんだ。だけど、山岸基金を作ってからは違うよ。自分は世の中で必要とされている人間だ。そう思うと明日が来る意味がある。自分だってまだまだ捨てたもんじゃない。生きている価値があるんだ、まだ生きてていいんだって、そう思えるんだ。これからも頑張って郵便配達を続けて、ひとりでも多くの子供に喜んでもらおうと思うよ」

こんな立派な人が、グータラなお母さんを気に入るわけないね。

「ねえ、おばあちゃん、お父さんのこと聞かせてくんない？」

「紫朗は自慢の息子だった。村一番の秀才と言われてたからね」

あたしはその日、おばあちゃんのそばを離れなかった。アルバムをめくりながら、お父さんが生まれてから亡くなるまでの話を聞かせてもらったり、おせち料理を作るのを手伝ったりした。

「今日は紫朗の部屋に蒲団を敷いておいたからね」

案内されて奥の部屋へ行く。

お母さんもあたしも、入口の襖を開けた途端、固まって動けなくなった。

そこは、今さっきまでお父さんがいたとしか思えない部屋だったからだ。学習机の上には文房具が置かれていて、本棚には難しそうな本が並んでいる。

「紫朗が地元の高校を卒業して東京の大学に進学したあとも、この部屋はそのまんまにしておいたんだよ。夏休みには帰って来たし、大学院に進んだあとも盆正月には帰省して、この部屋で過ごしたからね。ほら、ここも」

おばあちゃんは、洋服ダンスの扉を開けた。「なかなか捨てられなくてね」

セーターやシャツに混じって、詰襟の学生服もあった。

お母さんはチェックのシャツをハンガーから外し、それに顔を埋めた。そしてその場にしゃがみ込み、いきなり声を出して泣き始めたから、あたしはびっくりした。

お母さんをその部屋に残し、あたしはおばあちゃんの部屋で寝ることにした。

「正月は朝早くから年賀状の配達をしなくちゃならないんだよ」

「おばあちゃん、あたしも手伝いたい」

「そうかい。じゃあ年賀状を配りがてら、近所に孫を紹介して回るとするかね」

◆

一月半ばの日曜日。

夫が退院して二週間が過ぎていた。

洗濯物を干し終わったとき、姑から電話があった。

――本当にごめんなさい。

姑は、いきなり謝った。

「なんのことでしょうか？」

――言いにくいんだけど、家を交換する話、なかったことにしてほしいの。

「そんな、今さら……」

非難の言葉をかろうじて呑み込む。引越しの準備はまだ手をつけていなかったが、頭の中では次々に計画を立てていた。真人にも小型犬なら飼ってもいいと言ってしまった。

――お父さんたらね、やっぱり履物屋は閉めない、死ぬまでやるんだ、なんて言い出したのよ。あんなに何度も話し合ったのに、今さら困るわよね。

「はあ」

思わず不機嫌な声が出てしまった。そうですか、わかりました、私は別にいいんですよ、お義母さん、気になさらないでくださいね、などと姑は言ってほしいのだろうが、とてもじゃないが、そんな優しい気持ちにはなれなかった。

――伝統の技を後世に伝える義務があるとか何とか、突然言い出したのよ。それに、細々とだけど注文も来てるわけだし。

いい歳をして泣き出しそうになった。それほど、履物屋をリフォームして住むことを楽しみにしていたのだ。ベーカリー〈マルシェ〉での仕事も順調だったから、この分だとそう遠くない将来、履物屋をベーカリーに改造して開店できそうだと思っていた。このところずっと、夢見ごこちの毎日だったといっても過言ではない。

――実はね、弟子入りさせてほしいと言って、若い人が訪ねて来たのよ。その場で断わるだろうと思ったのに、お父さんたら、その気になっちゃって。

「そんなことがあったんですか……」

――若くてきれいな子なんだけど、お行儀が悪いのよね。

「えっ、弟子って女性なんですか？」

――そうなのよ。男の子みたいに大きな手をしてるの。

まさか……。

「名前は？」

――それが変わった名前でね。山岸星見って言うんだけど、そのミの字がね……。

途中から菱子は、姑の話を聞いていなかった。

受話器を置いて呆然としていると、夫が起きてきた。

「どうした？　ぼけっとして」

姑からの電話の内容を伝えると、夫はびっくりしたように目を見開いた。

「なるほど、そういうことだったのか」

星見は年明け早々に会社を辞めたらしい。ちょうど派遣契約の切れるときで、契約を更新するものとばかり思っていた夫は驚いたという。派遣会社に問い合わせてみたら、派遣会社での登録自体も取り下げていたらしい。

「残念だな。山岸を親父に取られるとはね」

「やっぱりあなた、星見さんのことお気に入りだったの？」

「俺にとっては、石黒も山岸も最高の駒だったんだ」

「コマ？」

「あの二人はああ見えて、実は強い向上心を秘めていると俺は睨んだんだ。鍛えればぐんぐん伸びるタイプさ。だけど、周りは俺が貧乏くじを引いたと思って同情してる。そんな中、もしもあの二人が正社員登用試験に難なく受かって営業成績をぐんぐん上げていったらどうなると思う？」

「みんな驚くでしょうね」

「一気に俺の株が上がること間違いなしだ。同情分だけ、通常より評価は高いはずさ。長い目で見れば俺の出世にもつながるし、そうなると給料も上がる」

「そんなことまで計算してるの？」

「当たり前じゃないか。それに、あの二人はエリート意識のかけらもない素朴な人間だから、営業先の店長にも好かれることが多いんだ。だから、こっちは仕事がしやすいというわけ」

「そういえば、結城部長に対してどうしてあんなにきちんと敬語を使うの？　同期なんだからタメ口でいいって本人も言ってたのに」

「そんなの本心のわけないだろ。彼女、自惚れの強い性格だから要注意なんだよ」

「同期にも気を許せないなんて疲れるわね」

「サラリーマンとしたら当然さ。石黒のことにしてもそうだよ。あいつの親父が与党の国会議員だから、社長も結城部長もコネを欲しがってる。そういうこともあって、俺の部下にしたわけさ」

「あなたって、したたかな人だったのね」

やっぱり自分は夫のことを何もわかっていない。

「そりゃどんな人間でも、長年サラリーマンやってりゃ変わるさ。会社で揉まれ続けていれば強くもなるし、ずる賢くもなる。きれいごとなんて言ってられないよ。それに、大抵の男は、いざとなれば妻子のために汚い手を使うもんだよ」

二つのマグカップにコーヒーを注ぐ。

「菱子、そう軽蔑の目で見るなよ。石黒や山岸に立ち直るきっかけを与えたんだから、一石二鳥だろ」

「それはそうね。それよりも、引越せると思ってたのに、私、残念で……」

「確かにがっかりだけど、考えようによっては、いい経験になったかもな。タダで広い家を手に入れようなんて虫が良すぎたよ」

そのとき、星見の言葉を思い出した。

――いいなあ、奥さんには頼れる人がたくさんいてさ。経済的にも精神的にも援助してくれる人が周りにいっぱいいいるじゃん。あたしなんか自分ひとりで生きていくしかないんだよ。

あのときカチンと来た理由が、今わかった。いくつになっても半人前だと言われたような気がしたからだ。

「考えてみれば、いい歳をして親に頼ろうなんて、恥ずかしいことだよな。タナボタを期待するのはもうよそう。自分たちの力だけでやっていこう」

カップの中の、焦げ茶色の液体を見つめた。

私という人間は、主婦の座はもろいものだと知ったばかりなのに、まだ懲りもせず、人に頼ろうとしていたらしい。

夫に頼り、次に夫の両親に頼る……。

いや、それだけじゃない。夫の浮気を疑ったとき、函館の母に電話をして、離婚後は実家に戻れるかどうか、探りを入れていたではないか。

結局自分は、いつもいつも、頼れる相手を探している。

「そうね。あなたの言う通りだわ。あなたって大人ね。やっぱりあなたって素敵」

「なんだよいきなり。照れるじゃないか」

★

今夜は、履物屋で手巻き寿司パーティがある。

うちのお母さんまで招待してくれたよ。

草履作りの師匠とその奥さん、そしてムギと奥さんと実花たんと真人、石黒ちゃんも来た。

総勢九人。

こんな楽しそうなお母さんの笑顔を見たのは、久しぶりだ。

あたしは師匠の奥さんが若かった頃の着物を着せてもらった。

自分で言うのもナンだけど、すんげえ似合う。

解説

吉田伸子（書評家）

２ＬＤ＋Ｓで五十八平米のマンション。

新婚の夫と二人で暮らすのなら、贅沢とはいかないまでも、充分な広さだろう。子どもが一人増えたとしても、工夫次第で広く暮らすことは可能だ。けれど、子どもが二人になると、暮らせないほどではないにしろ、かなり窮屈になる。２ＬＤＫ＋Ｓ、五十八平米というのは、そんな広さである。

本書のヒロイン小松原菱子は、その２ＬＤＫ＋Ｓ、五十八平米に、夫と中三の娘、小五の息子の四人で暮らしている。この設定が、実に巧い。五十八平米に四人家族で暮らしているというだけで、読み手には小松原家の経済状態及び日々の暮らしのあり方が、薄らと透けて見えるからだ。

この間取りで、中三の姉と夫婦でひと部屋ずつ確保すると、小五の弟の部屋は、必然的にＳ（サービスルームと称するものの、いわゆる〝納戸〟です）にするしかない。Ｌ

DKだって、そんなに広くはないだろう。洗面所だって、二人並べば、ぎゅうぎゅうになってしまうはずだ。親子四人で気持よく暮らしていくためには、ちょっとしたコツが要求されるはずで、その辺りの家庭内の舵取り役、それが菱子のポジションである。そういうベースが伝わって来るからこそ、菱子の目下最大の目標がマンションの買い替えであるということに、読者は自然と納得してしまう。この辺りの流れというか、垣谷さんの手さばきは本当に鮮やかだ。

ある朝、粗大ゴミの手数料を調べようと、菱子は区役所のホームページにアクセスする。料金を確認し、インターネットを閉じる前に、ふと、前夜夫がパソコンで検索していたマンションの物件情報を見てみようと、履歴ボタンをクリックすると、「こだわりの新築マンション特集」やら「あなたの希望にピッタリの中古物件」やら、不動産関係のサイト名がずらり表示される。そんな中、菱子の目を引いたのが、一つだけ異質のサイト名だった。「星見のひとりごと」。何だろう、これ?

思わずそのサイトにアクセスする菱子。そこに現れたのは、若い女の子のブログだった。今どき女子の言葉遣いに思わず笑ってしまいつつ、どうして夫がこんなブログを?と疑問に思い、前のページをクリックした菱子の目に飛び込んで来たのは、「ムギのバカヤロウ!」の文字。え?「ムギ」?これって、もしや夫の「麦太郎」のこと?くらくらしながら、ブログを遡る菱子。けれど、ブログを読めば読むほど、「ムギ」が夫の麦太郎であることが明らかになってくる。菱子のこの時の気持、リアル「ムンクの『叫び』状態」である。うわ〜〜〜〜っ！

あまりのショックに、その日のパートを休んでしまった菱子。帰宅した夫にそのことを問い詰めようと思っても、もし夫に浮気を肯定されたらと想像してしまうと、それもできない。もやもやとしたものを抱えたまま迎えた、翌土曜日の朝、休日出勤だという夫を見送った直後、菱子もまた家を出る。夫を尾行するためだ。そこで菱子が見たものは、会社ではなく、菱子の見知らぬ駅で降り、小さなマンションに入って行く夫の姿だった。

打ちのめされた菱子に追い打ちをかけるように、マンションから夫と、浮気相手と見られる女が出て来る。眩しいほどの女の若さに、打ちのめされる菱子。スーパーで買い物を済ませた二人に、一人の青年が声をかけ、やがて、三人でマンションに入っていく姿を見た菱子は、夫が頻繁に相手の元へ通っているため、住人とも顔見知りなのだと思い込む。

悶々とした想いを抱えてひと月ほどが経った頃。それまでは「狭いながらも楽しい我が家」を実践すべく、趣味のパン作りを工夫してみたり、家計の助けにとパートにも出ていた菱子だったが、家事も仕事も疎かになりがちだ。もう、こんな状況は耐えられない！　思いあまった菱子は、相手の女性のもとへ電話を入れる。「小松原麦太郎の家内です」と。「会って頂けないでしょうか」と。

（ここから先は、本書の「肝」の部分に触れていきますので、未読の方は本書を読まれてからお読みいただければと思います。）

ここで、本書のもう一人のヒロインが登場する。菱子が直接対決を申し込んだ、麦太郎の不倫相手と思しき、星見だ。ここからは、菱子視点のパートと、星見視点のパートが交互に描かれていく。星見にすれば、突然の菱子からの電話。「あたしに会ってどうすんだよ」という気持で菱子から指定された公園に出向く。菱子の言い分は分かるものの、じゃあ、自分はどうすればいいというのか。一生懸命なのは、自分じゃなくて、「ムギ」のほうなのに……。

煮え切らない星見の態度に、菱子の怒りは加速するばかり。「人を弄ぶのはやめなさい！」と菱子が大きな声を出したその時、二人の背後から現れたのは「真っ赤なロングドレスを着たババア」！　「おなご同士の争うことが、オイはいっちょん好かん」「物事はなんでん相手ん立場ん立って考えてみることが大切ばい」と老婆が言っても、ヒートアップする菱子の耳には届かない。更に星見を詰っていると、肩から赤いショールを外した老婆は、ショールを左右に振り始め、何やらごにょごにょと言うと、「えいやっ！」と、裂帛の気合いを発する。「うまかこといった」と一人ごちた老婆を無視して、星見が菱子に話しかけようとしたその時、二人はあることに気付く。何と、二人の身体が入れ替わっていたのだ。？マークが二人の頭を埋めていく間、「相手の気持ちば芯までわかったら元に戻るけん」という言葉を残し、老婆は立ち去ってしまう。

と、ここまでが本書の第一章。まさか、妻vs愛人の修羅場から、一転してこんなSF的な展開が待っていようとは。そして、本書は、菱子と星見が入れ替わったここから、ぐんぐんと加速して面白さを増していく。時間が経てば元に戻るかも、としばらく待ってはみたものの、変化はなく、二人はその身体のまま普段の生活に戻ることを余儀なくされる。え〜〜、どうなるの？　菱子はしっかりしているから大丈夫だとしても、ろくに家事も出来ないような星見に、母親役が勤まるの？　大丈夫なの？

そんなふうに思ってしまったら、垣谷さんの物語に取込まれてしまっている証拠だ。身体が入れ替わってしまうという設定が、物語のなかで違和感を感じさせないのだ。そこに、垣谷さんのストーリーテラーとしての力がある。あとはもう、ぐいぐいと先へ先へ、と読まされてしまうのだ。

物語が進んでいくに従い、元ヤンキーの星見のバックボーンが明らかになっていく。菱子と同い年の星見の母は、星見から言わせると「月とスッポン」くらいの差があること。母子家庭で育った星見だが、母親は彼女にとってのロールモデルにはならなかったこと。今でも母親からお金を無心されていること。自分の人生をどうやって切り開いていけばいいのか、その術を探しあぐねていること。

言葉遣いから服の好みまで、正反対のキャラが入れ替わることで巻き起こる様々なドラマが、読ませる、読ませる。とりわけ、菱子の姿をした星見が、ＰＴＡの役員会で、学芸会の出し物にしゃしゃり出ようとする会長に「ぶっちゃけた話、どうしてもフラダンスがやりたいっていうんなら、会長と副会長だけでやりゃあいいんじゃねえのかしら？」と言い放つ場面では、思わず吹き出してしまった。

本書を太く貫いているのは、「自分が変われば相手も変わる」ということだ。相手に変わって欲しいと望むのではなく、まず自分を変えてみる。言葉にすると簡単なのだけど、実はとても難しいことだ。自分の価値観というのは自分が思っている以上に頑固なもので、変えようと意識しても、なかなかできることではない。変わらないほうが楽なのだ。

でも、だからこそ、垣谷さんはこの物語を描いたのではないか。菱子と星見を強引に入れ替えさせることで、好むと好まざるにかかわらず変わってしまう、という状況を作り出すことで、自分を変えれば見えて来るもの、を、物語のなかで見せてくれたのではないか。

例えば職場で、例えば学校で、そして家庭内で。もし、今、行き詰まっている人がいたら、自分を変えてみるというのも「一つの手」だよ。駄目もとでやってみるのもいいかもよ。そんな垣谷さんの声が、本書から聞こえて来るような気がする。そのメッセージを、極上のエンターテインメントに仕立てて読者に届けてくれたのが本書なのだ。大丈夫、ちょっと難しいかもしれないけど、でも人は変わるよ。変われるよ。ぽんぽん、と背中を優しく叩いてくれる垣谷さんの手の温もりが伝わって来る。いい小説だ。

本作品は二〇一一年四月、小社から単行本刊行された
『夫の彼女』を改題し、加筆訂正しました。

双葉文庫

か-36-04

夫《おっと》のカノジョ

2013年10月 6日 第1刷発行
2025年 7月14日 第13刷発行

【著者】
垣谷美雨《かきやみう》

【発行者】
箕浦克史
【発行所】
株式会社双葉社
〒162-8540 東京都新宿区東五軒町3番28号
［電話］03-5261-4818(営業部) 03-5261-4831(編集部)
www.futabasha.co.jp（双葉社の書籍・コミックが買えます）
【印刷所】
株式会社DNP出版プロダクツ
【製本所】
株式会社DNP出版プロダクツ
【カバー印刷】
株式会社久栄社

【フォーマット・デザイン】
日下潤一

ISBN978-4-575-51619-7 C0193
Printed in Japan

小説推理新人賞受賞作

竜巻ガール

垣谷美雨

物事に振り回されず、軽やかに生きる女性たちを描く傑作短編集。

双葉文庫

リセット

垣谷美雨

人生をやり直したいと思う三人の女性が、
高校時代にタイムスリップ⁉

双葉文庫